目覚めたら
持ちだったので、
きたい
JN037582
wiska
エルマ
elma
エルフの民族衣装を身に着けて……

負傷したヒロを治すのは、
エルフの魔法!?

ティニア
tinia

ミミ
mimi
ティーナ
tina

リュート
[皿] 鍋島テツヒロ

目覚めたら最強装備と宇宙船持ちだったので、一戸建て目指して傭兵として自由に生きたい

7

口絵・本文イラスト
鍋島 テツヒロ

装丁
coil

CONTENTS

プロローグ

何かが頬《ほお》を突《つつ》く感触で目が覚めた。

薄目越しに見える天井は見慣れたもので、照明は薄暗く、目に優しい。

頬を突く指から逃れようと首を動かすが、その程度で逃れられるわけもない。俺を攻撃する魔の手は正確に俺の頬を突き続ける。

こうなっては仕方あるまい。観念して目を開き、下手人に顔を向ける。

「おはよ」

「おはよう」

下手人はエルマであった。何が楽しいのか、にまにまとチェシャ猫のような笑顔を浮かべて俺の顔を眺めている。

「なんだよ」

「ヒロも寝顔は無邪気で可愛《かわい》いなって思ってただけ」

「お前ね……」

そりゃ俺は決して巌《いわお》を思わせるような魁偉《かいい》なる顔ではなかろうが、可愛いと言われる程童顔でもないはずである。ああいや、欧米人から見ると東洋人は若く見えるとかいう話もあったか。もしかしたらエルマの目には俺は年齢よりも幼く見えるのかもしれない。

「まぁ、エルマお姉ちゃんに比べれば俺はガキかもしれないけどね」

皮肉を込めてそう言いながらベッドから身を起こし、あくびを噛《か》み殺《ころ》す。どう見ても二十代前半、下手《へた》するとティーンエイジャーにすら見えるエルマであるが、その尖《とが》った耳が示す通り彼女はエルフである。見た目に反して彼女は俺よりも二回りは年上なのだ。正確な年齢は知らんけど。

そんな彼女からすれば三十路《みそじ》にも届いていない俺などまだまだ幼く見えるのだろう。

「……」

「あん？」

何故《なぜ》か押し黙ったエルマを訝《いぶか》しんで視線を向けると、なんだか驚いた表情で固まっていた。いや、本当になんだよ？　そんな硬直するような要素どっかにあった？

「な、なんでもない。うん、なんでもない。早く起きなさいね」

急に顔を赤くしたエルマがプイッと顔を背けながらそう言ってそそくさと部屋から出ていく。突然のことに俺はただその後ろ姿を見送ることしか出来ない。

「……なんやねん」

マジで心の底からなんやねん。

☆★☆

「兄さん、エルマんと喧嘩《けんか》でもしたん？」

赤い髪をした少女――に見える女性がテーブルの向かいから俺にそう問いかけてくる。実際には彼女は少女でもなんでもなく、俺とほぼ同い年の立派な女性だ。

「いや別にしてないんだけど……」

起床してシャワーを浴び、休憩スペースの食堂で朝食を摂《と》る。いつも通りのルーチンをこなしているのだが、何故かエルマに避けられていた。俺を見るなりサッと姿を隠すというか、部屋から去ってしまうのだ。

「今日はエルマさんがお兄さんを起こしに行きましたよね？　そこで何かあったとか？」

赤い髪の少女――に見える女性と同じ顔つきをした青い髪の女性が俺にそう問いかけてくる。彼女は赤い髪の女性の双子の妹だ。二人とも人間ではなくドワーフと呼ばれる種族で、幼く見えるのは種族的な特徴のようなものだ。こう見えて膂力《りょりょく》は成人男性よりずっと強いので、子供だと思って不埒《ふらち》な真似《まね》に及ぼうとすれば見た目に反するパワーでとても痛い目に遭わされることであろう。

「いや、少なくとも怒らせるようなことは何もしてないし言ってないと思うんだけど……頬を突いて起こしてきた上に寝顔が可愛いなんて言うもんだから、エルマお姉ちゃんにしてみれば俺なんてガキなのかもねとは言ったけどさ」

「うーん……？」

「確かに怒るほどのことではなさそうですね？」

年齢のことに言及しているので怒らせる要素が皆無とは言えないだろうが、そもそもエルマは年齢について言及されたところで怒るような性格じゃないしな。目の前の双子の姉妹は俺ほどにはエルマと付き合いが長いわけではないが、それくらいのことを察せる程度の付き合いにはなっている。

「そいやエルマんって末の妹なんやっけ？」

「ああ、そうだな」

エルマの家族構成は両親に兄、姉という感じで、エルマ自身は末っ子である。

そんな双子の姉――ティーナの言葉を聞き、双子の妹――ウィスカがポンと手を叩《たた》いた。

「もしかしたらお兄さんに『エルマお姉ちゃん』なんて呼ばれてびっくりしたんじゃないですか？」

「えぇ……そんなことある？」

少なくとも俺には理解し難い話だ。所謂《いわゆる》ギャップ萌《も》え的な？　俺に？　エルマが？　それは無くね？

「まぁそのうち元に戻るやろ。それよりそろそろ着くんよね？」

「ああ、もうそろそろの筈《はず》だな」

俺達が今向かっている先、エルフの母星であるリーフィル星系はもうすぐそこだった。

☆★☆

「おはよう、二人とも」

「おはようございます！　ヒロ様！」

「おはようございます、ご主人様」

我が母艦、ブラックロータスのコックピットに赴くとそこには二人の女性の姿があり、それぞれが俺に声をかけてきた。

俺のことをヒロ様、と呼んだ明るい茶色の髪の毛の女の子の名前はミミ。

俺が最初に立ち寄ったコロニーで酷《ひど》い目に遭いそうになっていたところを助けた後、色々あって俺の船のクルーになってもらった女の子だ。最初はズブの素人《しろうと》だったが、メキメキとオペレーターとしての能力を身につけて、今ではオペレーター業務だけでなく戦利品の売買や、母艦であるブラックロータスに積む交易品の手配と管理までこなすようになった。もはや立派なクルーの一員だ。

実は現皇帝陛下の姪孫《てっそん》――つまり現皇帝陛下の妹の孫にあたる存在で、ギリギリ傍系皇族と名乗ることができる身分なのだが、彼女は顔もよく覚えていない祖母が皇帝陛下の妹様でしたと言われてもピンと来なかったらしく、結局『ターメーンプライムの平民の娘』としての立場を選んだ。そして今に至るわけだ。

そして俺のことをご主人様、と呼んだ濡《ぬ》れ羽色《ばいろ》の長髪を揺らす美女の名はメイ。一見人間にしか見えないが、メイドロイド――所謂メイドロボというやつである。

金を惜しまずに高性能なパーツを用いてカスタマイズされており、メイドロイドとしては破格の性能を誇っている。メイドとしての働きは勿論《もちろん》のこと、操艦、戦闘、なんでもござれの『ぼくのかんがえたさいきょうのメイドさん』だ。俺にとっては剣の師匠でもある。痛くなければ覚えませぬ、というのが信条の厳しい師匠だけどな！

「間もなくリーフィル星系に到着します。到着予定時間は二十二分後です」

「了解。リーフィル星系に着いたらクリシュナを出撃させて即応態勢でリーフィルプライムコロニーに向かおう」

「承知致しました」

俺の言葉に疑問を差し挟むこともなくメイが頷《うなず》き、俺の指示を了承する。一方、ミミは首を傾《かし》げていた。

「何かあってもブラックロータスから緊急発進すれば良いんじゃないですか？」

「それでも良いんだけどな。道中でトラブルらしいトラブルが無かっただろ……？」

「あぁ……はい」

ミミの瞳《ひとみ》からスッと光が失われ、諦《あきら》めたような気配が漏れ出す。恐らく俺も同じような目をしていることであろう。

「今までの事例からパターンを類推しますと、何かしらのトラブルが起きる可能性が非常に高そうですね。それに柔軟に対応するためのフォーメーションを予《あらかじ》め組んでおく。なるほど、合理的です」

メイは一人で納得している。というか、機械知性であるメイからもパターン類推されるとかよっぽどだな？　それはつまり異常値なのでは？

「とにかくそういうことだから。メイには悪いけどここはメイに任せて、ミミはクリシュナに乗る準備を進めておいてくれ」

「わかりました」

「はい、こちらはお任せ下さい」

頷く二人に俺もまた頷き返し、ミミと一緒にブラックロータスのコックピットを後にした。

☆★☆

「というわけでエルマの様子が変なんだよ」

「うーん？　どうしたんでしょうね？」

などと話しながらクリシュナのコックピットに向かうと、そこには既にエルマが待機していた。小型情報端末でメッセージを送っておいたので、それを見て速やかにクリシュナのコックピットに向かったのだろう。ブラックロータスのコックピットは船の中心部に近い奥まった場所にあるので、クリシュナの置いてあるハンガーからは距離的に遠いのだ。

「システムのチェックは終了。今は機体に診断プログラムを走らせてるわ」

「サンキュー。元に戻ったみたいで何よりだ」

「なんでもないから忘れなさい」

どうやらエルマとしては朝のあの奇妙な行動についてあまり突っ込んでほしくないらしい。まぁ、なんでもないというならスルーしてやるのが武士の情けというやつだろう。俺は別に武士でもなんでもないけど。

「機体は完璧《かんぺき》だな。新品同様だ」

機体の簡易診断プログラムから返ってきた結果を見て呟《つぶや》く。そうすると、コックピットのメインスクリーンにティーナとウィスカの姿が映し出された。

『そらそうや。うちらがしっかり見とるんやで？』

スクリーン越しにティーナがそう言って薄い胸を反らす。ティーナとウィスカのドワーフ姉妹は揃《そろ》って優秀なエンジニアだ。二人はクリシュナとブラックロータスの正式なクルーではなく、ブラックロータスの販売元であるスペース・ドウェルグ社から派遣されてきている立場なんだが……最近はうちの船の生活にかなり馴染《なじ》んできてるんだよな。そろそろスペース・ドウェルグ社を退職してうちの正式なクルーになってくれるんじゃないだろうか？　などと俺は思っていたりする。

「二人の腕前には脱帽だ。ところで、心の準備は大丈夫か？」

『『心の準備？』』

「暫《しばら》くリーフィル星系に腰を据えると思うから、また宙賊艦の面倒を見てもらうことになるぞ」

俺の言葉を聞いて二人は互いに顔を見合わせ、一つ頷いてどこかからレンチとスパナを取り出した。

『ほどほどで頼むで？』

『ほどほどでお願いしますね？』

「アッハイ」

素振りをしながら行われる説得に俺は屈した。まぁ屈したと言っても抑える気は無いんだけど。正式ではないと言ってもうちのクルーとして働く以上は是非力を振り絞っていただきたい。そして皆でカネを稼いで幸せになろうじゃないか。

#1：初手は移乗攻撃

目に悪い極彩色のハイパースペースを抜け、ブラックロータスが通常空間に帰還する。星々が煌《きら》めく星の海の光景にどこか安心感のようなものを覚えるようになったのはいつの頃《ころ》からだろうか。俺も順調にこの世界に適応してきているようだ。

「よし、行くぞ」

「ハンガーハッチ開放、いつでもどうぞ」

「発進！」

俺達の乗るクリシュナがチャージ済みの電磁カタパルトによって加速され、ハンガーから宇宙空間へと射出される。星の海に飛び出すこの瞬間の解放感と、クリシュナを完全に掌握しているという万能感は何物にも代えがたい爽快《そうかい》さがある。

「目標は打ち合わせ通りにリーフィルプライムコロニーだ」

『了解、進路をリーフィルプライムコロニーに向けます』

「超光速ドライブの同期を申請」

『同期を承認。超光速ドライブ、チャージ開始』

「レーダーレンジは最大で。何か怪しい反応を見つけたらすぐ報告してくれ」

『「アイアイサー」』

ミミとメイが同時に返事をする。エルマはすっかり落ち着いた様子でサブシステム周りのチェックをしているようだ。俺はというと、現状ではやることがない。航行、通信、メイン・サブシステムの掌握をそれぞれクルーが行っているからだ。俺の出番は実際にトラブルが起きた場合に指揮を執り、船を操って対処するその時である。

『カウントダウン。5、4、3、2、1……超光速ドライブ起動』

ズドォン！　と轟音《ごうおん》が鳴り響き、ブラックロータスとクリシュナは星々の光を置き去りにして虚空を駆け出す。

「何事も無ければ良いんだけどな」

「そうですね……でも――」

「私達の悪運は筋金入りだからね。私達ほどトラブルに見舞われるのは珍しいと思うわよ、本当に」

「あはは……あっ」

苦笑いを漏らしたミミが何かに気づいたようだ。コンソールを操作し、ミミが見ている画面を共有する。どうやら超光速ドライブ中に使用する亜空間レーダーに他船の反応を捉《とら》えて……おお、もう。

「犯罪タグ付きときたかぁ……」

「これって今しがた星系軍か何かとやりあってきた船ってことですよね？」

「そうなるわね」

ミミとエルマの会話を聞きながら俺は素早くコンソールを操作してブラックロータスとの超光速ドライブ同期を解除し、操縦桿《そうじゅうかん》を操作して犯罪タグ付きの船へと航路を修正する。

「ブラックロータスも後から追いついてきてくれ」

『承知いたしました。ご武運を』

超光速ドライブ中は舵《かじ》が大変利きにくくなるのだが、それでも小型戦闘艦であるクリシュナならブラックロータスよりもずっと小回りが利く。超光速ドライブ中に船を追跡するならクリシュナ単独の方が圧倒的に有利なのだ。

「相手の動きは鈍いな。中型艦か、もしかしたら大型艦か」

「後ろに付けて。インターディクタースタンバイ」

「他船にインターディクトするのは初めてですね」

インターディクトというのは超光速ドライブ状態にある船を強制的に停止させる行為だ。詳しい仕組みは俺にもよくわからんが、インターディクターという重力制御技術を使った妨害装置を使って対象の船のケツを捉え続けることによってインターディクトは成立する。

つまり、これは超光速下で行われるドッグファイトのようなものだ。

「ははは、どこへ行こうというのかね？」

当然、インターディクトをかけられた側はインターディクトされまいと逃げる。

なんとかこちらの照準から外れようと上下左右に舵を切りながら加減速するわけだが、当然ながらそれを逃す俺ではない。ついでに言えば、減速すると一気にインターディクトの成立が早まるので、迂闊《うかつ》にやると寿命を縮めることになる。

「これは成立するわね」

「犯罪タグがついている以上は問答無用だ。すぐに戦闘に入るぞ」

「「アイアイサー」」

ミミとエルマが返事をして間もなくインターディクトが成立し、轟音と共にクリシュナと犯罪艦が通常空間へと引き戻される。この時、インターディクトを仕掛けられた側はちょっと大変なことになる。

「ああなると悲惨なんだよなぁ」

見るからに宙賊艦といった感じの大型艦が激しく動いている様を見ながら、ウェポンシステムを立ち上げる。

インターディクトによって強制的に超光速航行を中断させられた対象艦は、通常空間に引き戻された瞬間激しい多軸回転運動をする羽目になる。超光速航行を中断させられた段階で得ていた運動エネルギーが作用してああなるようなのだが、詳しい理論は知らない。

当然、その間は敵に撃たれ放題になるので隙だらけだ。なので、逃げようのない場合や逃げる気のない場合はむしろ自分から速度を落とし、インターディクトを受け容《い》れたほうが隙が少なくなるのだ。

こちらの世界に来てから今までインターディクトをかけられる一方であった俺は常に速度を落としてインターディクトを受け容れるようにしていた。その理由がこれである。

「今のうちにシールドを撃ち抜くぞ」

「それが良いわね」

犯罪タグの付いた船にかける慈悲はない。未《いま》だに絶賛多軸回転運動中の大型宙賊艦に四門の重レーザーをバシバシと撃ち込んでいく。あの様子だと慣性制御システムに守られているコックピットはともかく、それ以外の区画はしっちゃかめっちゃかになっているだろう。

「敵シールドダウン」

「スラスターをやるぞ」

シールドを剥《は》ぎ取ったらまずは足を潰《つぶ》す。そうすれば大型艦はまともに動くこともできなくなる。後は死角から防御タレットを潰していけば丸裸だ。

『やめっ、やめろォ！　こっちにゃ人質が居るんだぞ⁉』

「それがどうしたよ？　人質が何人死んでもお前らに懸けられた賞金が減るわけじゃないだろうが」

そもそも、本当に人質が居るかどうかもわからないし、この状況では確実に助ける手立てもない。人徳溢《あふ》れる善人だろうが、純粋無垢《むく》な子供だろうが、あるいは爵位を持つ帝国貴族だろうが、宙賊艦に乗せられてしまった時点で死んだも同然のものとして扱われるのだ。

実際のところ、航宙法においても宙賊艦の撃破に伴って宙賊艦に乗っていた無辜《むこ》の命が散ったとしても、撃墜者の罪は問われない。そうでなければ人間の盾を使う宙賊を駆逐することが不可能になってしまうからだ。

「そんな脅し文句で手を緩めるのは甘ちゃんのルーキーだけだっつうに」

「いちいち気にしてらんないわよね」

「……」

エルマは俺と同じく割り切っているようだが、ミミは言葉もなく息を呑《の》んでいるようだった。戦闘中なのでミミの顔を見る事はできないが、もしかしたら顔を青くしているのかもしれない。まぁ、こればかりは慣れるまでは時間がかかるだろうな……というか、よくよく考えると俺も随分と気軽に人質を無視できるもんだな？　もしかしたら俺って他者の死に鈍感なのだろうか。

「足と手は潰したけど、どうするの？」

考え事をしながら作業的に全《すべ》てのスラスターとタレット、ミサイルランチャーなどの武装を潰したところでエルマが声をかけてきた。まぁ、考えても詮無いことではあるか。そのお陰でこの世界と傭兵《ようへい》生活に順応できているのだから、深く考えないことにしよう。

「さてどうするかな……あれに犯罪タグをつけた星系軍やら帝国航宙軍やらが駆けつけてくればそっちに制圧を任せるところだけど――」

と、言ったところで轟音が鳴り響き、黒い巨影が宙域に現れた。見慣れたその艦影は間違いなくブラックロータスのものだ。

「先にブラックロータスが来たなら俺達で制圧するか。たまには白兵戦もやらなきゃ腕が錆《さ》びつくしな」

「危ないわよ？」

「相手が宙賊ならそうそう後れは取らないさ。戦闘ボットもいるし。あと、ミミの白兵戦オペレーションの実戦訓練だな」

俺に視線を向けられたミミがその顔に緊張の色を浮かべる。うん、シミュレーションは今までに何度もしてるだろうけど、やっぱり実戦の機会がないと本当の意味での修練は積めないからな。ここは気合いを入れてもらうとしよう。

☆★☆

「いやぁ、マズったよなぁ」

クリシュナは宙賊艦に接舷《せつげん》して俺が突入、ブラックロータスからはドロップポッドで接舷して戦闘ボット達が突入、という段取りになったのだが、パワーアーマーをブラックロータスに積んだままであることに後から気づいたのだ。

なので、今回の俺は生身で白兵戦をすることになる。まぁ、生身と言っても携行型のシールド発生装置は持っていくし、短時間——凡《およ》そ三時間ほどであれば宇宙空間に放り出されても大丈夫なようになっている与圧機能のあるコンバットアーマーを装備していくんだけども。

『本当に大丈夫なんですか？　無理する必要はないと思うんですけど』

「まぁ、大丈夫だろう。いざとなればどっか隅っこで縮こまっておいて、制圧を戦闘ボットに任せても良いし」

心配するミミに装備をチェックしながら返事をする。今回持っていくのは大小二本一組の剣と、愛用のレーザーガン。予備のエネルギーパックにショックグレネードを三つとプラズマグレネードを二つ。それにカメレオンサーマルマントだ。

レーザーライフルも持っていこうかどうか悩んだが、敵艦に乗り込んでの白兵戦では長物は取り回しの点で不利なことがある。基本的に艦内ってのは狭いものだからな。レーザーガンのほうが便利なのだ。

『接舷完了。ブリーチング中』

『ドロップポッドも接舷完了です。いつでも突入できます』

「戦闘ボットは先に突入させてくれ。派手にやってる間に俺はコックピットを制圧する」

『アイアイサー。ご主人様、ご武運を』

話している間にブリーチング――接舷した敵艦のハッチや装甲をぶち抜いて侵入口を作る作業――が完了する。

『ブリーチング完了。気をつけて』

「あいよ。突入する」

クリシュナ側のハッチを開き、ブリーチング済みの宙賊艦の外部ハッチも開いて宙賊艦の内部へと侵入する。どうやらここは船倉の外部ハッチであるようだ。先に暴れている戦闘ボット達への対処に追われているのか、熱烈な歓迎は無い。

「こちらスネーク、宙賊艦への潜入に成功した」

『そこはマウスじゃないの？』

「こっちではマウスなのか……」

この世界では蛇じゃなく鼠《ねずみ》が潜入するのが定番らしい。

「ここは船倉みたいだ。船内のマップは取得出来ないか？」

『えぇっと……左側の壁にコンソールがあるみたいです。そちらにヒロ様の通信端末を接続して下さい』

「了解」

ミミの誘導に従ってコンソールを探し出し、小型通信端末からコードを繋《つな》いで接続する。この小型情報端末を介してミミが宙賊艦の情報をクラッキングするわけだ。

『ええと……情報取得できました。ヒロ様のヘルメットに情報を投影します』

すぐさま俺の装着している気密型コンバットヘルメットのHUD上に船の3Dマップが投影される。大型艦なだけあって結構デカいな。

「コックピットへのルートを検索して表示してくれ。制圧を開始する」

『あ、アイアイサー』

「ミミ、落ち着け。三度深呼吸して、集中だ」

通信越しにミミが三度深呼吸するのを聞きながら船倉の出口へと向かう。何を積んでいるのかも気になるが、まずは船倉から出て宙賊どもを制圧するのが先だ。

「船倉を出るぞ」

『はい、サポートは任せて下さい』

『ヒロ、気をつけて』

二人の言葉を聞きながらホルスターからレーザーガンを引き抜き、セーフティを解除する。

☆★☆

船内の警備は手薄だった。いや、単に殆《ほとん》どの戦力が先行して突入したこちら側の戦闘ボットへの対処に追われているだけなのだろう。

『クソブリキ缶め！　ジョイスがやられた！』

『まだ息があるなら後ろに引っ張っていけ！　リロイ！　ショックグレネードだ！』

『任せ――ぎぃあああぁぁっ⁉』

『畜生が！　ブリキ缶にファ○クされるなんて御免だぞ！』

船倉のコンソールでミミが先程仕込んだ情報収集ツール――或《ある》いはマルウェアとかコンピュータウィルスと呼ばれるプログラム――が宙賊側の通信内容を拾って俺の耳に届けてくれる。

「いつの間にかミミがスーパーハッカーになっていたとは……やるな、ミミ」

『なってません、なってませんから。これはメイさんが用意してくれたクラッキングツールを使ってるだけですからね？』

『まぁ、宙賊の船くらいなら市販されてるクラッキングツールでもどうにかなることは多いわよね。基本的に宙賊艦はソフトウェアのアップデートもなおざりというか、正規の方法ではできないわけだし』

「なるほど」

確かに宙賊艦というのは宙賊が撃破し、奪った船の継ぎ接《は》ぎだったり、レストア品だったりする。当然ながら当局の追跡を逃れるためにセキュリティ関係のソフトウェアアップデートなども利用することができなくなるので、こういったソフトウェア周りのセキュリティは脆弱《ぜいじゃく》になっていることが多いのだ。稀《まれ》にこういった技術に長《た》けた宙賊が軍用艦並みのセキュリティを構築していることもあるらしいが、そんなのは本当に稀なケースである。

「何にせよとても助かってるよ」

『お役に立てて嬉《うれ》しいです。がんばります――ヒロ様、この先、T字路を曲がって左手の扉の先です』

「コックピットか？」

『いえ、違います。捕虜の収容室のようです。監視カメラに捕虜の人達が……酷《ひど》く怪我《けが》をしている人もいるみたいです』

若干緊張を孕《はら》んだ声音で通信越しにミミがそう言う。

怪我人、怪我人か……一応救急ナノマシンユニットは持ってきているが、こいつは三つしか無い。これは負傷した時の生命線となるものなので、あまり使いたくはないんだが。

「……はぁ。監視カメラは上手《うま》く誤魔化《ごまか》してくれよ？」

『はい、任せて下さい。扉の横にパス入力用のキーパッドがあって、その下にメンテナンス用のソケットがあります』

「了解」

素早く扉に近寄り、小型情報端末からコードを伸ばしてソケットにジャックインする。すると、程なくして扉が開いた。俺は素早く捕虜部屋の中へと滑り込み、扉を閉める。これで閉じ込められたら間抜けだけど、当然部屋のロック自体を解除してあるから大丈夫だ。

中に入ってから部屋の中を見回してみると、十人ほどの捕虜らしき人々がさほど広くない部屋の中に詰め込まれていた。全員に手枷《てかせ》と足枷《あしかせ》が着けられており、その自由の大半を奪っているようだ。

「俺は今この船に襲撃を掛けている傭兵だ。つまり、あんた達を助けに来た側だ。一応な」

そう言いながらよくよく捕虜達を見てみると、その全《すべ》てがエルフであった。皆一様にエルマと同じく耳が尖《とが》っており、美人揃《ぞろ》いだ。なるほど、エルフには美形が多いというのはこの世界でもご多分に漏れずということらしい。恐らく、彼女らが宙賊の『獲物』なのだろう。

彼ら――いや、女性の方が圧倒的に多いようだから彼女らと言ったほうが良いか。彼女らは突然現れた闖入《ちんにゅう》者である俺に警戒の眼差《まなざ》しを向けてきている。

「この船の足と武器は潰した。俺の配下の戦闘ボット達が宙賊の掃討も進めている。間もなく帝国航宙軍なり星系軍なりが到着するだろうし、あんた達はとりあえず助かったと思っていい」

「私達は……故郷に帰ることができるのですか？」

エルフの囚人達の中でも一際の美人さんが俺に問いかけてくる。この状況で皆の前に立って問いかけてくるのは凄《すご》いな。度胸のある美人さんだ。

俺は彼女の言葉に頷《うなず》き、口を開いた。

「恐らくは。ただ、俺はあんたたちがどうやってこの船に囚《とら》われることになったのか知らないから、断言はできない。だが、少なくともリーフィルプライムコロニーまでは行けるはずだ。その後の処遇がどうなるかはお役人次第だろう。それよりも酷い怪我をしているやつが居るんだろう？　仲間が監視カメラで見たんだ。救急ナノマシンユニットがある。こいつを使えばとりあえず命の危機は脱するはずだ」

そう言って俺がガンタイプの救急ナノマシンユニットを見せると、俺の前に立つ彼女は警戒を強めたようだった。レーザーガンか何かと思っているのかもしれない。

「武器じゃない。医療用ナノマシンだ」

「……医療用ナノマシン？　それはどういうものなのですか？」

手枷と足枷を装着されながらも俺の前に立ち、厳しい表情を向けてきていた美人さんが問いかけてくる。ええ？　医療用ナノマシンを知らないのか？　まさかこの世界でこういったものの存在を知らないとは思わなんだ。

よく見てみれば彼女達が身につけている服はあんまりＳＦっぽくない……なんというか、普通の布の服みたいな感じだ。普段はあまりテクノロジーと接していない人達なのか？

「あー……大丈夫、つまりこれは薬だ。傷を塞《ふさ》いで痛みを和らげ、出血を止めて命を繋ぎ止めてくれる。怪我人に使うから道を空けてくれ」

そう言うと、俺の前に立《た》ち塞がっていた美人さんは僅《わず》かな逡巡《しゅんじゅん》の後に道を空けてくれた。

「酷いな。レーザー創に、殴られた痕《あと》もある。でも、これで楽になる筈《はず》だ」

左肩と右脇腹《わきばら》に半ば炭化したレーザー創を負っている男性に救急ナノマシンユニットを押し付け、引き金を引いて医療用ナノマシンを注入する。俺にはナノマシンの仕組みなんてよくわからないが、ゲーム的にはこれ一本で体力《ヘルス》の60％が回復するアイテムだった。怪我の状態が良くなることはあっても悪くなることはあるまい。

「よし。この船は既に宇宙空間にあって、船内では戦闘が起こっている状態だ。すべてが終わるまでここに留《とど》まっていてくれ。この部屋に要救助者のタグを付けておくから、帝国航宙軍なり星系軍なりが来たらすぐに助けが来るはずだ」

「わかりました……貴方《あなた》は？」

「俺はこのまま船のコックピットを制圧しに行く。帝国航宙軍や星系軍が来る前にカタをつけたいんでね」

帝国航宙軍や星系軍が来る前にカタをつけないと俺の取り分が減るからな。この船のメインの獲物である彼女達――エルフの非合法奴隷《どれい》に値をつけるわけにはいかないが、船倉にはたっぷりと物資が積み込まれていた。宙賊艦が積んでいる荷なんてのはフードカートリッジか質の良くない酒やドラッグと相場が決まっているが、それも大型艦の船倉に目一杯積み込まれているとなるとなかなかの売値となる。

それに、スラスターと武装以外に目立った損傷のない大型艦というのも良い金になるものだ。リーフィル星系でどの程度需要があるのかは未知数だが、どれだけ買い叩《たた》かれても100万エネルを下ることはあるまい。

「それじゃあな。ここで大人しくしてるんだぞ」

「はい……あの、お名前を伺ってもよろしいでしょうか?」

彼女達の代表であるらしい美人さんが問いかけてきたので、俺は振り返って名乗ることにした。

「俺はキャプテン・ヒロ。戦闘艦クリシュナのオーナーで、プラチナランクの傭兵《ようへい》だ」

☆★☆

捕虜部屋を後にしてコックピットへと進むが、宙賊どもの通信はだいぶ静かになってきた。恐らくは通信を発することができる連中の数がそれだけ減ったということだろう。うちの戦闘ボット達は元気に働いているようだ。

『ヒロ様、間もなくコックピットです』

『ヒロ、星系軍のお出ましよ』

「了解。すぐに片付ける」

何かよくわからない紙屑《かみくず》や割れたガラスの破片のようなものが散らかる小汚い通路を駆けながら応答する。宙賊艦の通路は狭いし薄暗いし汚い。よくもまぁこんな環境で何日も過ごせるものだ。せめて掃除くらいしろよと思う。

『扉にロックはかかっていません』

「OK、行くぞ」

大きく息を吸い込み、扉を開けてコックピットへと飛び込む。

「――ッ！」

「んなっ⁉　て――め――」

息を止め、スローモーションになる世界の中でレーザーガンの照準を素早く宙賊の頭部に合わせて発砲。最初に俺に気づいた宙賊の額に致死出力のレーザーが着弾し、小爆発と共に宙賊が後ろへと吹っ飛んだ。宙賊はあと二人。

レーザーガンの発砲音を不思議に思ったのか、キャプテンシートに座っていた宙賊がこちらに振り返ろうと横っ面を見せる。俺はコックピット内へと突入しながらその横っ面に照準を合わせ、再度発砲。横っ面が弾《はじ》け飛び、二人目の宙賊はキャプテンシートから投げ出されて床に転がる。

オペレーターシートに座っていた三人目は慌てて立ち上がろうとしたが、その頃《ころ》にはすでに俺は目の前だ。右手にレーザーガンを保持したまま左手で腰の剣を打ち抜きざまに振るい、三人目の宙賊の右手を斬り飛ばし、返す刀で左肋《あばら》から心臓に向けて剣を突き刺す。

これがただの金属製の刀剣であれば骨や筋肉で止められるのだろうが、残念ながらこの剣はパワーアーマーの装甲すら切り裂く強化単分子製の刃《やいば》だ。骨も筋肉も纏《まと》めていとも容易《たやす》く貫き、剣は深々と三人目の宙賊の心臓を食い破った。ついでとばかりに背骨を断ち切るように刃を背中側へと抜けさせて確実にとどめを刺す。

「――――ふぅ」

一呼吸の間に三人の宙賊を倒し、息を吐く。一人を斬り捨てたので、コックピット内は血の海だ。これは後でティーナとウィスカに文句を言われそうだな。

「こちらヒロ、コックピットの制圧完了。船内のシステムを掌握する。ミミ、手伝ってくれ」

『はい、ヒロ様』

一振りして剣に付着した宙賊の血を払い、剣を鞘《さや》に収めてから小型情報端末からコードを伸ばしてコックピットのコンソールにジャックインする。そしてすぐに通信用のアプリケーションを立ち上げ、広域通信で今しがた到着した星系軍へと呼びかけた。

「こちら傭兵ギルド所属のプラチナランク傭兵、キャプテン・ヒロだ。大型宙賊艦のコックピットを制圧した。現在、当方の指揮下にある戦闘ボットが船内の残存戦力を掃討中。また、船内に民間人が囚われているのを確認。怪我人も居る。船内のマップを共有する。民間人の救護と護送を要請する」

とりあえずはこれで一段落だな。船内の掃討が終わったら息のある宙賊の引き渡しと、囚われていたエルフ達の引き渡しか。その後この船を応急修理して、ブラックロータスでリーフィルプライムコロニーまで曳航《えいこう》して、積荷の換金と諸々《もろもろ》の手続きと……やれやれ、自業自得とは言え初《しょ》っ端《ぱな》から面倒事だらけだな。

☆★☆

星系軍に宙賊どもを引き渡した俺達はそのまま星系軍に拘束され、苛烈《かれつ》な尋問を受けることになった——ということもなく。

「この度は我々の不手際の尻拭《しりぬぐ》いをしてもらう形となり、本当に申し訳なく思うと同時に、大変感謝している」

このリーフィル星系を守る星系軍のトップに頭を下げられていた。

戦闘の場に駆けつけてきたリーフィル星系軍にまだ息のあった宙賊どもを引き渡し、囚われていたエルフ達を保護してもらった後、俺達は宙賊の大型艦をブラックロータスで牽引《けんいん》してリーフィルプライムコロニーへと到着した。

到着するなりリーフィルプライムコロニーにある星系軍本部から迎えの車が到着し、今回の件についてリーフィル星系軍のトップ——ジェム・ダー将軍閣下直々に挨拶《あいさつ》をさせて頂きたいと言われ、今に至るというわけだ。

ちなみにジェム・ダー将軍閣下の外見はきれいに整えられた口髭《くちひげ》が似合うダンディなイケオジエルフである。この人何歳なんだろう。

「さっきから何度も言っているように、偶然だからあまり気にしないで欲しい。こちらとしても下心があっての行動だったんだ」

別に人質を助けようという高潔な意志の下に行動したわけではなく、単に宙賊の大型艦をできるだけ無傷で鹵獲《ろかく》したかったからわざわざ白兵戦なんてことをしたわけなので、こうやって感謝されてしまうと非常に居心地《いごこち》が悪い。本当にただ気が向いたからこうしただけで、気分次第ではいるかどうかもわからない囚われのエルフごとあの船を爆発四散させていたのかもしれないのだから。

「貴殿がそう言うならそういうことにしておこう。ただ、我々が深く感謝しているということだけは知っていてもらいたい。貴殿のお陰で多くの無辜《むこ》の民の命が救われたのだから」

「わかった、わかったから」

本当に感謝されているようで、物凄《ものすご》い圧力である。感謝の圧が凄い。こっちは本当に気まぐれだっただけに、向けられる感謝の念が強すぎて気後れしてしまう。本当に大型艦の鹵獲と白兵戦の実戦訓練、そしてミミの白兵戦オペレーションの訓練のためにやっただけだからな。

「賞金の他にも報奨金と感謝状にも期待してくれていい。事務手続きで数日かかるだろうから、その間は是非当コロニーで寛《くつろ》いでいてくれ」

「ああ、どのみちこのコロニーに暫《しばら》く滞在するつもりだったから都合が良い」

「このコロニーに？　差し支えなければ、リーフィル星系を訪れた理由を聞いても？」

「物見遊山だよ。クルーにエルフがいてね。エルフの母星について少し話を聞く機会があって、それで珍しい食べ物や飲み物を楽しんだり、珍しい交易品が手に入ったりしないかと考えて足を延ばしたんだ。幸い、うちのクルーは俺を含めて三人が一等市民権を持っているから降下の申請はできるしな」

「ほう、三人も……」

ジェム・ダー将軍閣下が感心したように自らの顎《あご》を撫《な》でる。

グラッカン帝国の市民権回りの制度は俺から見ると中々に複雑怪奇な内容なのだが、一等市民権に関しては凄くシンプルだ。一等市民権を持つ市民は所定の手続きを行えば、帝国が特別に制限を課していたりしない限り、どのようなコロニーにも惑星にも足を踏み入れることができるし、希望すればそこに住むことも可能である。また、居住ではなく訪問に限れば一等市民権を持つ市民一人につき二人まで同行者を伴うことができる……と、まぁこういった感じの内容だ。

つまり、現時点で俺とミミ、エルマの三人が一等市民権を持っているので、メイとティーナ、ウィスカの三人も一緒に惑星に降り立つことができるというわけだな。いや、メイはメイドロイドだから備品扱いってことになるのか……？

「しかし、それは都合が良い。実は貴殿が助けた虜囚の中に、リーフィルⅣで有力な氏族の御息女と御子息が居てね」

「あー……なるほど？」

捕虜の収容室を訪れた際に、あの状況でも気丈な態度を崩さずに俺と会話をした美人さんと、レーザーで撃たれて死にかけていたイケメンを思い出す。もしかしたらあの二人だろうか？

つまり、将軍閣下は有力者の子女を助けたことによってその有力者達から歓待を受けることになるだろうと言いたいわけだ。

「まぁ、そっちについては実際に話が来てから考えるということで一つ」

「そうだな、それが良いだろう。ただ、私の見立てでは間違いなくそういうことになると思うので、そのつもりで居て欲しい」

「承知した」

「わかりました」

「船倉にたっぷり荷を積んでたからな。ここであまり値のつかない品なら無理に売らないでブラックロータスで運ぶ方向で行くのも良いと思うぞ」

「ブラックロータスの積み荷と宙賊艦の積荷を捌《さば》いているところです。結構品数が多くて大変です」

「お役所の仕事だから仕方ないね。ミミは？」

「降下申請に関しては今も進めてるところよ。なんでこの手の手続きってこんなに入力項目が多いのかしら」

「で、進捗《しんちょく》の方はどうかね？」

ブラックロータスに戻り、休憩スペースの食堂に赴くと俺以外の全員が揃《そろ》っていた。メイは無言で俺の背後に立ち、席に座った俺の肩を絶妙な手付きで揉《も》み解《ほぐ》してくれている。うーん、メイのサービスは実に至れり尽くせりだな。

「お疲れさまです、お兄さん」

「おつかれちゃーん」

「お疲れさまです、ヒロ様」

「はいはい、お疲れ様」

「はー、やれやれ。肩が凝ったよ」

☆★☆

今ではミミもすっかり頼れるオペレーターとなった。そろそろ取り分の見直しが必要かもしれない。

「ティーナとウィスカは？」

「うちらは例の船の改修計画を立ててん」

「調べてみたら意外と作りはしっかりしているので、内部清掃と修理、あとは装甲板の張り替えとスラスター、装備の入れ替えでなんとかなりそうです」

「なるほど。まぁその辺はプロに任せる。補修部品なんかの請求はいつも通りで」

「合点承知や」

「はい」

当然ながら、修理にも金がかかる。結局のところ、破壊された装置を直すためには相応の部材が必要となるわけで、その部材も作るにしたって材料費はかかるし、既製品を買うならやはりそれも金がかかる。特に今回は単艦鹵獲だったので、不足しているパーツや部材を他の船の残骸《ざんがい》から取ることもできない。改修をするにもそれなりの手間と費用がかかるのだ。無論、それが船の売却益を上回るようでは話にならないので、その辺りはティーナとウィスカも考えて修理するんだろうけど。

「で、細かいところは君達に放り投げているわけだが」

「手伝ってくれてもいいのよ？」

ニコリと笑みを浮かべながらエルマが圧をかけてくるが無視する。そういう入力作業って二人でやるとかえって効率悪くなるじゃん？

「将軍閣下の仰《おつしや》っていたことをお伝えしようか。まぁ、本題は大した内容じゃなかったんだけど」

と、そう前置きして助けた虜囚の中に目的地であるリーフィルⅣで力を持つ氏族の御息女と御子息が居たのだということを伝える。

「なるほどねー……」

「そう来ましたかー……」

「これはウィーの勝ちやな」

「あはは……」

何を賭《か》けたのだか知らないが、俺が将軍閣下に会いに行っている間に今回はどんな風に厄介事が転がり込んでくるのかという内容の賭けをしていたらしい。うんうん、こんな些細《ささい》なことでも賭けの対象、娯楽にしてしまうというのは実に傭兵《ようへい》らしくてイエスだね。きっとエルマが主導したに違いない。

「まぁ、いくら力ある氏族っていっても帝室に比べればなんてことないな」

「そりゃ比べる先が悪いやろなぁ」

俺の言葉を聞いたティーナがケラケラと笑う。

実際、力ある氏族云々と言っても所詮《しょせん》リーフィルⅣの中だけの話だ。もしかしたら帝国の爵位を持っていたりするのかもしれないが、それにしたって帝室に比べれば木っ端みたいなものだろう。

リーフィルⅣで有力な氏族ってのは地球の感覚で例えれば市区町村の議員とかそういう感じの人々ということになるのだろうし。

「あまり舐《な》めてかからないほうが良いわよ。このリーフィル星系は帝国の版図の中にある一星系だけど、種族の母星っていうのは特殊なのよ。しかも母星に根を下ろしている氏族の長とか、その直系ってなるとね……宇宙を旅する私達にとってはリーフィル星系なんて無数にある星系の一つでしかなく、リーフィルⅣもそのちっぽけな星系内にあるちっぽけな居住可能惑星でしかないけど、宇宙《そら》に飛び出さない多くの人にとっては自分の住む惑星こそが世界のすべてなんだからね」

「ふむ」

「なるほど……」

「なるほどなぁ」

俺とミミ、ティーナがそれぞれにエルマの言葉を受けて考え込む。ウィスカも無言ながらエルマの言った言葉の意味を考えているようだった。

「とはいえ、こっちは助けた側なんだから、そんなに無体な扱われ方はしないと思うけどな。でも、気をつけることにしよう。異文化交流ってのは慎重にするべきだからな」

人間が降伏のつもりで白旗を掲げたら、それが異星人にとってはこれ以上無いほどの宣戦布告って意味で、それが原因で泥沼の殺し合いになる……なんて内容のアニメがあった気がするし。

「そういう意味ではエルマさんが頼りですね」

「私だって昔一回来たきりで、あんまり覚えてないんだけどね」

「独特の文化を築いているなら、来訪者向けのマナーガイドみたいなのがあるんじゃないか？　メイ、調べてみてくれ」

「承知致しました、お任せ下さい」

このような感じで手続きやら問い合わせ、資料の取り寄せなどでリーフィル星系滞在一日目は終了するのだった。

#2：リーフィルプライムコロニー

昨日《きのう》はリーフィル星系に着くなり大変な目に遭った俺達であったが、滞在二日目の朝――リーフィルプライムコロニー基準時間で――は実に平穏な滑り出しであった。

「おふぁようございまふ……」

「うん、おはよう」

ミミと一緒に寝床を出て、一緒に顔を洗って軽く身支度を整えて、一緒にブラックロータスの食堂へと向かう。そこで食堂に居合わせたエルマと整備士姉妹、それにメイと朝の挨拶《あいさつ》を交わし、食事を終えたらメイ以外の全員でブラックロータスのトレーニングルームに行って軽く身体《からだ》を動かし、それが終わったら汗を流して解散だ。

「で、今日は俺とミミとエルマがフリーと」

「はい。昨日のうちに積荷の売却処理は済ませておいたので」

「私も惑星降下申請は昨日出したからね。あとはお役所の処理待ちよ」

「ウチらは今日からが本番やから」

「今回は作業が楽ですけどね」

ティーナとウィスカは昨日のうちに発注しておいた部材や、レプリケーターで出力しておいた部材を使って鹵獲した大型宙賊艦の改修作業を行うようだ。メンテナンスボットだけでなく、武装を排除して汎用《はんよう》作業用途に換装した戦闘ボットまで投入して突貫で作業を行う予定らしい。

なんでも戦闘ボットの製造元であるイーグルダイナミクスで作られているメンテナンスボット用のソフトウェアを入手して、それに手を加えたものを戦闘ボットのサブルーチンとして組み込み、戦闘ボットにメンテナンスボットモードを追加したとかなんとか。

「いざという時に戦闘ボットに不具合が出たら命取りになるから、マジでその辺は頼むぞ」

「大丈夫大丈夫。同じメーカー製のボット同士やから互換性の範囲内や」

「完全に独立したサブルーチンとして走らせてるから大丈夫ですよ」

二人がそう言うならそうなんだろうと納得する他無い。まぁ、戦闘ボットの管理に関してはメイも一枚噛《か》んでいるので、もし問題があるならメイがダメ出しをしているだろう。二人だけでなくメイも大丈夫と判断しているならそれで良いか。

「兄さん達は今日はどないするん？」

「そうだな……まずは傭兵ギルドに顔を出して、それから星系軍の詰め所に顔を出して昨日の件の報酬金を貰《もら》うか、そうでなければ街をぶらぶらしてくるかな。余所《よそ》であんまり見ない酒とか見かけたらお土産に買ってきてやろう」

「わぁ、良いんですか？　エルフの母星系だから、きっと美味《おい》しいお酒がいっぱいあるんだろうなと思っていたんですよ」

「うちらと方向性はちょっと違うけど、エルフも酒飲みやからなー」

「確かに」

「何よ？」

整備士姉妹の言葉に頷《うなず》いてエルマに視線を向けると、至近距離から見上げるように睨《ね》めつけられた。ちょっと怒ったような声音だが、耳の角度が怒っていない角度だ。これはフリだな。

「メイはどうする？」

「私は船に残って雑務を片付けます」

「オーケー、じゃあブラックロータスは任せるぞ」

「はい、お任せ下さい」

そういうわけで、俺とミミ、それにエルマの三人で街に繰り出すことになるのだった。

☆★☆

各自用意をしたら集合して出発ということになっていたが、俺自身の用意などすぐに終わるものだ。部屋に戻ってレーザーガンと大小一対の剣を腰に差したらそれで終わりだからな。休憩室で少し待ち、一緒に現れたミミとエルマの二人と合流したら早速出発だ。

「エルフの母星系というだけあって、他のコロニーに比べるとやっぱりエルフが目立つな」

「確かに多いですね」

他の星系のコロニーだと、雑然とした人波の中に一人か二人いるかいないかという感じなんだが、このコロニーだと明らかにエルフが多い。正確な比率はわからないが、恐らく道をゆく人々のうち一割以上はエルフであるように思える。

「しかしなんだ、妙に視線を感じるな」

「そりゃ目立つしね」

「ですよね」

そう言ってエルマとミミは俺に視線を向けてくる。

ふむ？　まぁミミもエルマも美人だし、そんな二人を引き連れて歩いている俺は相当に目立つということだろうか。

「何か見当違いのことを考えてそうな顔ね。目立ってるのはあんた自身よ。腰に剣を差した傭兵なんて目立つに決まってるでしょ？」

「あと、ヒロ様の顔は御前試合の件で売れに売れてますから。あの御前試合は帝国全土に配信されていたんですよ？」

「ああ、なるほど……じゃあ、俺はいつの間にか有名人になってるのか」

「有名人、ねぇ……そんな生易しい表現じゃ足りないと思うけどね」

「傭兵としては今一番ホットな存在ですよ、ヒロ様は」

「ええ……？」

そう言われても全くピンと来ないんだが。俺はちょっとリッチでバイオレンスなだけの小市民……リッチでバイオレンスな小市民って意味わかんねぇな。

「いつの間にか俺がレジェンドめいた存在になっているということはわかったよ」

「そうでもなければいきなり星系軍の将軍に下にも置かない扱いをされたりしないわよ……本当にあんたは変なところで抜けてるわね」

「ヒロ様らしいです」

「それは褒められてるのかなぁ？」

などと話をしつつ、注目を浴びながら移動すること十数分。俺達は特にトラブルもなく傭兵ギルドに辿《たど》り着《つ》いた。リーフィル星系の傭兵ギルドは特に何か特徴があるわけでもなく、代わり映えのしない感じだ。若干観葉植物の数が多く感じるくらいだろうか？　雰囲気そのものは他星系のコロニーで訪れた傭兵ギルドと大差ない。

「変わったところは特に無いな」

「そうね」

「カウンターに行きましょう」

ミミに促されてカウンターに向かう。俺達が向かうカウンターに控えていたのは若い女性で、俺達が向かうにつれて気の毒になるほど表情を引《ひ》き攣《つ》らせていた。

「あー……やぁ、そんなに怯《おび》えられると申し訳ない気持ちでいっぱいになるんだが」

「あ、う、え……ご、ごめんなさ——ひぅっ⁉」

彼女の背後からにゅっと伸びてきた手が彼女の肩を掴《つか》み、その感触に驚いたのか彼女は身体を硬直させる。目の端に涙を浮かべていてもう見ているだけで気の毒だ。

「ちょっと休憩してきて良いよ。ここは僕が受け持つから」

「は、はひ……」

カクカクと壊れかけのロボットみたいに頷いた若い受付嬢がカウンターから去ってゆき、彼女と入れ替わりで肩に置かれていた手の主《あるじ》——エルフの男性が俺達の前に立つ。

「ようこそ、リーフィルプライムコロニーへ。歓迎しますよ、キャプテン・ヒロ」

「そりゃどうも。なんか怖がらせちゃったみたいで申し訳ないな」

「いやいや、お気になさらず。彼女はまだ勤め始めて日が浅い新人でして、まだちょっと肝が据わりきっていないんですよ。むしろ謝罪するのはこちらです。申し訳ない」

そう言ってエルフの男性は苦笑いを浮かべながら首を横に振り、それから軽く頭を下げた。

「それで、本日は？　何か依頼でも受けてくださるので？」

「いや、暫《しばら》くリーフィルプライムに滞在するから、その挨拶だな。予《あらかじ》め顔合わせしておいたほうがお互いに面倒が少なく済むだろ？」

「それはそうですね。こちらとしても貴方《あなた》の人となりを多少なりとも知ることができるのは非常に助かります」

「へぇ？　どんな評価を頂いたのかね？」

「いま一番ホットなプラチナランカーは評判通り『善玉』っぽいなぁという感じですかね？」

「なるほどねぇ」

善玉、善玉ね。そんな評判を頂いているとはね。まぁ、俺の今までの実績を見るとそういう評価になるのかね？　あまりリスキーな仕事には手を出してこなかったからな。

「善玉、ねぇ……？」

エルマがそう言いながらジト目を向けてくる。ははは、やだなぁそんな目で見られると照れるじゃないか。ほら、ミミも微妙な顔をするんじゃない。俺は清廉潔白な良い傭兵だよ？

「仕事は完璧《かんぺき》、戦闘艦乗りとして卓越した力を持ち、本人の腕っ節も最高クラス。宙賊をバンバン狩りまくっている上に帝国航宙軍との関係も良好。後ろ暗い仕事には興味を示さず、宙賊連中とつるんでいる痕跡《こんせき》も皆無とくれば私達傭兵《ようへい》ギルドにとってはこれ以上無い善玉ですよ。カタギに絡んで問題行動を起こしたりもしていないですしね」

「まぁ……そうね。そういう意味ではヒロは本当に傭兵らしくないから。アウトロー感が無いのよね、全く」

「俺は品行方正を信条としてるんだ」

良く言えば品行方正、悪く言えば長いものには巻かれろという方針である。

俺だってこの世界でそれなりに時を過ごしてきたのだから、一般的な傭兵というものがどういうもので、どのような考えで行動することが多いのかということは知っている。ただ、俺には他の傭兵がメインとしているスタイルが合わないのだ。

酒！　暴力！　セッ〇ス！　ヒャッハー！　みたいなのはちょっとなぁ。いや、三つ目は俺も嫌いじゃないけど、幸いなことに間に合ってるしね？　それに、ロックでアナーキーな生き方を目指しているわけでもなし。上昇志向ってものが全く無いわけでもないけど、色々と巻き込まれているうちに昇りつめてしまったからなぁ。

「俺のことは別に良いだろ。それよりリーフィル星系での活動方針だ」

「はい」

「リーフィル星系には物見遊山で来たんだ。クルーから興味深い話を聞いてな、降下申請を出してリーフィルⅣに降りる予定だ。リーフィルⅣで旅行とバカンスを楽しむってわけだな」

「なるほど、リーフィルⅣは自然が豊かですからね。骨休めというわけですか」

「そんな感じだ」

実際には観光がてらコーラに相当する飲料が無いか探したいだけなんだけどな。

「そうなると、あまり傭兵としては活動しないということになりますか」

「降下申請が通るまでこのコロニーを見て回って、それでも時間が余るようなら小遣い稼ぎ程度に宙賊を狙《ねら》いはするかもしれない。後はこの星系を離れる時にタイミングが合えば輸送や護衛の依頼を受けるかもってくらいだ」

「そうですか、それは残念。まぁ、既に大きいヤマを一つ片付けてもらっているので十分なんですけどね」

「大きいヤマ……？　ああ、あの船か。偶然だけどやんごとなき方々が乗ってたんだってな」

俺の言葉に彼は深く頷き、口を開く。

「はい。奴《やつ》ら奴隷売買を専門とした厄介な連中でしてね。今回はリーフィル星系のエルフを標的に活動していたようで、こちらも手を焼いていたんですよ。貴方に助けられたやんごとなき方々が攫《さら》われた時の襲撃の被害も酷《ひど》いものだったんですよ。族長達は血管が切れて死ぬんじゃないかってくらい激怒してましてね……で、まぁなんとか攫われた人達が他星系に連れ去られる前に星系内の前《ぜん》哨《しょう》基地を攻撃できたのは良かったんですが、肝心のやんごとなき方々を乗せた船に逃げられましてね。それを貴方達がうまいことキャッチしてくれたっていうのが現状です」

「なるほど……あー、生きたまま捕らえたやつが何人かいたっけなぁ」

「随分と大それたことをしたみたいね。今頃《いまごろ》ガタガタ震えてるんじゃない？」

「因果応報ですね」

彼の話を聞いて珍しくミミもドライな反応をしている。ミミは捕虜が捕らえられていた部屋の映像も見てるしな。流石《さすが》に同情する気も起きないんだろう。

「気になるようでしたらこちらのファイルをどうぞ。今回の事件のあらましが書かれている報告書の最新版です」

「良いのか？　内部情報の流出にあたるんじゃ？」

「メディアに流すのと殆《ほとん》ど同じ内容ですから問題ありませんよ。より詳細なだけでね」

「なるほど、後で目を通させてもらうよ。ところで、報酬とか褒賞金関係の連絡は来てるか？」

「調べてみます。うーん……まだですね。星系軍と帝国航宙軍、それに族長連合の擦り合わせに時間がかかるでしょうから、恐らく早くても明日か……いや、明後日《あさって》くらいになるかと」

エルフの男性職員がカウンターのホロディスプレイを操作して内容を確認し、首を横に振ってからそう言う。褒賞金を出すのにそんなに時間がかかるというのもなかなかにユニークな事態に思えるな。それに族長連合とかいう聞き慣れない言葉も気になる。

「どこの財布からどれだけ出すかって話し合いだから、多少時間がかかると思いますよ。星系軍の財布は薄いし、帝国航宙軍の財布の紐《ひも》は堅い。おまけに族長連中はがめつい上に互いに仲が良いわけでもないですから」

「へぇ？　なんだか面倒くさそうな話だな」

「他の星系に比べると母星の統治機構の力が強いですからね、リーフィル星系は。どうか気長に待ってくださると。族長達はがめついですが、狭量ではありません。あの船を取り逃した星系軍と帝国航宙軍から可能な限り搾り取って褒賞金を上乗せしようとして時間がかかるんだと思いますよ。実際、族長達はキャプテン・ヒロに感謝してるようですから。宙賊艦に乗せられて連れ去られた時点で生存は絶望的です。わざわざ危険を冒して船を制圧なんて普通はしないですしね」

「気まぐれだったんだけどなぁ」

「気まぐれで最適解を掴み取るのも一種の才能でしょう。やっぱりプラチナランカーってのは何か『持ってる』んでしょうね」

「その話題はやめてくれ、俺達に効く」

そう言いながらエルマとミミの顔色を窺《うかが》うと、予想通り二人とも苦笑いを浮かべていた。当然俺も同じような表情を浮かべていたに違いない。俺達が何か『持ってる』ことを一番よく理解しているのは、他ならぬ俺達自身なのだから。

☆★☆

傭兵ギルドを後にした俺達は星系軍の駐屯地を訪れることを取りやめ、そのままリーフィルプライムコロニーをブラブラと散歩することにした。ついでに何か良さげなものを見つけたら買い物でもしようという算段である。

「ふーむ……なんか他のコロニーとは違う感じがするよな」

「そうですね。街並みも違うんですけど、なんだか雰囲気が違うというか」

閑散としている、というのとはちょっと違う。なんだかゆっくり……いや、別に動作がゆっくりというわけでもない。他のコロニーにある忙《せわ》しなさというものが足りないように思えるのだ。

「リーフィル星系のエルフは基本的にのんびりしてるからね。知っての通りエルフは寿命が長いから。人間ほどせかせかしてないのが多いのよ」

「なるほど？」

「確かにエルマもオフの時はひたすらのんべんだらりとしてるよな」

俺やミミの場合はなんだかんだと動いていることが多い。

俺は白兵戦武器の手入れやその他戦闘に役立ちそうなガジェットがないかデジタルカタログを見ていることが多いし、身体《からだ》を動かしたりもしているし、暇をしているクルーがいれば一緒に何かしたりする。ミミならオペレーター業務に関する勉強をしていたり、色々と調べごとなんかをしていることが多い。しかしエルマの場合は大体飲んでるか寝てるかだ。身体を動かしていることもあるけど、のんびりと過ごしていることが多い。

「のんべんだらりとは失礼ね。私はオンとオフをちゃんと切り替えているだけよ。私から見ればずっと動き回っているあんたたちの方が生き急ぎ過ぎだと思うけどね」

そうかなぁ？　そうよ、などと話しつつ、リーフィルプライムコロニーの店を回っていく。

「なんか妙に高くないか？」

「確かに他のコロニーに比べると妙に物価が高い感じですね」

俺達が見ているのは所謂《いわゆる》惑星由来の特産品、お土産物や他の星系からの輸入品というやつである。基本的にこの手のものは高いのが常であるのだが、それにしても高い。数多《あまた》の星系に立ち寄ってきた俺の感覚からすると、五割増しから倍ほどの価格であるように思える。

そんな話をしていると店員のエルフ女性に声を掛けられた。

「ああ、他のコロニーから来る人は皆そう言うね。実のところ、リーフィルⅣ——私達はシータって呼んでるんだけど、シータには余剰生産品というものが少ないんだ。エルフは他の種族に比べると人口が少ないし、シータには多くの自然とその恵みがあるから、工業的な生産力ってのがあまり必要無いんだよね」

「ふーん……でも、ここもグラッカン帝国の版図に組み込まれているわけだろう？　工業化の波というやつは押し寄せてきたりしなかったのか？」

「うん。このリーフィル星系がグラッカン帝国の版図に組み込まれたのはもう私の祖父の頃《ころ》でね、その頃は皇帝陛下が自ら陣頭指揮を執って帝国の版図を拡大していたらしいよ」

「陣頭指揮を執ってって……それって開闢《かいびやく》帝陛下の頃の話ですよね」

「そうそう。そしてエルフは空から来た人々と争うこと無くその臣下へと降《くだ》り、その代わりに母星での自治権を認められたってわけさ。そして開闢帝陛下はシータの雄大な自然にいたく感動され、この星はこのままであるべきだと仰《おつしや》った。以後、シータは自然保護惑星として扱われるようになり、今に至るってわけだね。母星におけるエルフの文化と生活はその頃から殆ど変わっていないらしいよ」

そんなに上手《うま》くいくものなのか？　という疑問が頭の中で乱舞するが、恐らくこの女性は今に至るまでの複雑な問題をすっ飛ばして要点だけを言っているのだろう。実際にはかなりの紆余曲折《うよきよくせつ》があったに違いない。

「その時に開闢帝陛下に臣従し、供に宇宙《そら》へと上がっていったのが私の曽祖父《そうそふ》ってわけ。多分貴女《あなた》もそっちの血筋よね？」

「うん。私の祖父も宇宙《そら》へと昇ったエルフね」

「つまり、星に残ってそのままの生活を続けたエルフの血筋と、星を離れて宇宙へと進出したエルフの血筋に分かれてるってことか」

「別に両者の間にはっきりとした確執とかは無いわよ。ただ、考え方というか生活様式が違うのは確かかね」

「そうだねぇ、宇宙《そら》に上がった側からは特に何も無いけど、向こうは案外こっちを見下している感はあるよ。シータから離れて精霊の加護を失った連中ってね。まぁ、こっちもカビの生えた文化にしがみついてる古臭い連中って内心では思ってるから、お互い様かな？　一応、表立って口に出して罵倒《ばとう》し合うほど険悪な仲ではないと言っておくよ」

そう言ってエルフの女性店員がにんまりと笑う。

「……その言葉を聞かされた上で両者が険悪な仲ではないと言われても」

「だよなぁ？」

「あはは、でも余所《よそ》から来た人にとってはなかなか面白い話だろう？　さぁ、私がここまで胸襟を開いてエルフの内情を話したんだから、何か買っていっておくれよ。余所の星系に比べると少しばかり高いかもしれないけどね」

この店員は中々にやり手だなぁ。まぁ、面白い話も聞けたし、幸い俺の財布は分厚いのでこれくらいはなんでもない。ここは大人しくカモられておくとするかね。

☆★☆

やり手のエルフ店員が営んでいる土産物屋から色々と買い込み、店から出たところで俺の小型情報端末に着信があった。取り出して画面を見てみると、発信者はブラックロータスに残っているメイだった。何かあったのだろうか？　と内心首を傾《かし》げながら通話ボタンをタップして通話を開始する。ついでにスピーカーモードにしてミミとエルマにも聞こえるようにした。

「はいよ、どうした？」

『グラード氏族のティニアと名乗るお方から面会の要請がありましたので、ご連絡致しました』

「ぐらーどしぞくのてぃにあさん。はて？　知らん名前だな。お偉いさんか？」

『はい。ご主人様が宙賊艦で救助したエルフの女性です。是非直接会ってお礼をしたいと仰っています。ブラックロータスに直接訪ねて来られましたので、失礼のないようリラクゼーションスペースにご案内しました』

「そのままブラックロータスの外に立たせておくのも門前払いも失礼だもんなぁ……アレだよな、多分良いとこのお嬢さんなんだよな」

『はい。グラード氏族はリーフィルⅣでも特に強い力を持っている氏族の一つで、ティニア様は氏族の長の次女だそうです』

「Ｏｈ……」

またなんか面倒そうなのが……もしかしたらあの度胸のある美人さんだろうか？　多分そうだな。

氏族長というのがどれくらい偉いのかはわからんが、要人の娘だと思えばあの気品と気丈さにも納得がいく。

　左右に視線を向けると、エルマとミミも何かを諦《あきら》めたような——寧《むし》ろ悟りでも開いているのではないかというような穏やかな表情をしていた。いや、そこで悟りを開かないで欲しい。俺達は強い絆《きずな》で結ばれた仲間だろ？　そんな大変だね、みたいな顔をするのは良くない。俺達は運命共同体だ。皆で一緒に苦労しようぜ。

「あー、うーん。会わないってのは無理だよな」

『できなくはないと思いますが、正当な理由もなしに面会を断るのは礼儀としては褒められたものではないかと。それに、グラード氏族と仲良くしておけばリーフィルⅣで行動する際にプラスに働くのではないでしょうか』

「ですよねー。会うしかないか……今から戻るが、少し時間がかかる。以降の予定は特に無いし、一旦《いったん》帰ってもらって会食に誘うのも良いかもしれないな。サシじゃなくて、俺達全員と向こうの人達って感じで。あちらの了承を得られるようなら会場の手配は任せて良いか？　費用はこちらから誘うんだからこっち持ちってことで」

『かしこまりました。ではそのようにお伝え致します。結果が出次第連絡致します』

「よろしく」

　メイとの通話が途切れる。今日は一日ゆっくりする予定だったが、こうなったか。平穏無事とはいかないだろうとは思っていたが、平穏な時間は思った以上に短かったなぁ……とりあえず、厄介事がこれ以上大事にならないように気をつけるとしよう。

☆★☆

結局、グラード氏族のティニアさんは俺が外出しているのと、宜《よろ》しければ今夜気楽な食事会でもどうだろうという提案がこちらから為《な》されたということで、それに乗る形で一度引き下がってくれたらしい。食事会を行う場所の手配などはメイに任せたのだが、どうやらリーフィルⅣ——地元の人はシータと呼ぶ——の郷土料理を味わうことのできる高級郷土料理店のような場所であるようだ。

「リーフィルⅣの郷土料理ですかー……楽しみですね！」

「そうね。私の記憶では芋虫の丸焼きみたいな奇抜な料理は少なかったはずだから、安心して食べられると思うわよ」

「それは安心だな」

コーマットⅢの特産品だった一抱えほどの大きさの芋虫を丸焼きにした料理はインパクトが凄《すご》かったからな……あれはあれで美味《おい》しかったんだけどさ。見た目はともかく。

と、そんな呑気《のんき》な会話をしている俺達は既にブラックロータスへと戻ってきていた。そこでメイからグラード氏族のティニアさんに関する報告を受け、今夜の食事会の会場となる高級郷土料理店の情報を調べていたというわけである。

「メイには苦労をかけたな」

「いいえ、何の苦労もありませんでした。ティニア様はすぐに引き下がってくださいましたので」

「どんな方だったんですか？」

「理知的で、心の強い方なのだろうと思いました」

そう言いながらメイはティニアさんのものと思《おぼ》しきエルフ女性の姿をホロディスプレイに映し出した。濃い茶色の髪の毛を腰くらいまで伸ばしている美人さんである。この意志の強そうな目には覚えがあるな。あの船の中で俺と言葉を交わした美人さんだ。

「やっぱこの人か」

「覚えがあるの？」

「捕らえられてたエルフ達をまとめていた人だな。あの場で唯一言葉を交わした相手だ。名も名乗ったな」

「なるほど。美人さんですね」

「せやね、美人さんやね」

「綺麗《きれい》な方ですね。さすがはお兄さんですね」

ウィスカの発言に微妙に棘《とげ》を感じる。一応俺としては狙《ねら》って美人さんと縁を紡いだわけではないと言いたいのだが、言っても仕方がないことなので黙っておく。

「うちとしては新しい美人さんに目を向けるよりもそろそろうちらに目を向けて欲しいなぁって」

「……」

整備士姉妹がジーッと俺を見つめてくる。俺はそんな二人から目を逸《そ》らしてスルーし、小型情報端末を取り出した。

「傭兵《ようへい》ギルドからもらってきた今回の事件のあらましというやつを予習しておきたいと思います」

「おい、兄さん。こっち見ぃや」

「お兄さん……」

「覚悟を決めるまでもう少し待ってくれ」

俺だって二人のことは憎からず思っているし、二人のことを可愛《かわい》いとも思っている。それに、二人とも良い子だしな。いや、子だなんて言うのは失礼か。彼女達は年齢的に俺とほぼ同じ成熟した女性なのだから。

しかしどうにも手を出す気にならないんだよな！　見た目があまりにその……アレでさぁ！　これ手を出したら犯罪じゃない？　という気持ちが先に立つんだ。あと俺は割とおっぱい星人なんだ。

「まぁええわ。そのうち兄さんをめろめろにしたるからな」

「めろめろ（笑）」

「なに笑っとんねんはっ倒すぞ」

「ゆるして」

その拳《こぶし》を下ろし給《たま》え。ティーナに本気で殴られると、何の強化もされていない俺の骨など簡単にへし折れてしまう。俺としてはこんな感じで気楽に付き合える関係を壊したくないという気持ちも結構強いんだよなぁ。でも据《す》え膳《ぜん》食わぬは男の恥とも言うし。ううむ。

「はいはい、今日のところはそれくらいにしときなさい」

「むぅ……エルマ姐《ねえ》さんが言うならしゃあない。姐さんに免じて今日のところは見逃したるわ」

「申し訳ねぇ」

正直に言うとミミとエルマ、それにメイで俺のキャパシティはいっぱいだと思うんだよなぁ。彼女達を受け容《い》れるために俺はもっと大きな男にならないといかんね。色んな意味で。

「おほん。では気を取り直して事件の概要を見てみるとしよう」

小型情報端末を操作し、あの大型宙賊艦に関する事件の概要をホロディスプレイに表示する。

「んー……特に何か面白みのある事件ではないわね」

「まぁ、よくある降下襲撃からの拉致《らち》だよな」

起こった事件そのものは、まぁエルマと俺の感想通りであろう。複数の宙賊艦がリーフィルⅣに降下襲撃をかけ、航宙艦の火力と機動性を利用してリーフィルⅣを蹂躙《じゅうりん》。丁度その時にとある式典を開いていた場所が襲撃され、まんまと若いエルフの女性達を中心に数十人が拉致されたと。

そしてあの大型宙賊艦に収容されていたのはその中でも特に身分の高かった人達で、あの十人以外の捕虜はその前に起こっていた星系軍や帝国航宙軍の追撃によって宙賊艦や前哨《ぜんしよう》基地ごと攻撃され、殆《ほとん》ど死亡した。これは降下襲撃を防ぐことができなかった軍にかなり批判が集まりそうな内容だなぁ。

降下襲撃を許してしまったのも不味《まず》いし、大型宙賊艦を逃してしまった上に通りすがりの俺達に大型宙賊艦を横取りされたのも、横取りした俺達が大型宙賊艦を安易に撃破せず、白兵戦で艦を鹵《ろ》獲《かく》して無事に捕虜を助け出したのも不味い。相当苦しい立場だろうな。

とはいえあの将軍の様子からすると、俺達に筋違いの怨《うら》みを抱いているような感じじゃなかったから、さほど心配はいらないと思うけど。

「で、その式典ってのがグラード氏族長の次女とミンファ氏族長の第二子との婚約式典だった、ねぇ……つまり例のティニアさんと、余所の氏族長の息子ってことか」

「氏族間の交流を図るためのお見合い会みたいなものだったのかもね」

「痛ましい事件ですけど……これ、政治が絡んできませんか？」

「そうね。襲撃そのものに面白みはないけど、そういう話が大いに絡んできそうな内容ね」

「グラード氏族とミンファ氏族が強く結びつくことを快く思わない別の氏族が宙賊に情報を流して式典をぶち壊しにした、なんて構図が簡単に浮かび上がってくるよな」

無論、外野の俺達がすぐに思いつくような話は襲撃された当人達だってすぐに思いついているだろう。両氏族は他の氏族に対して敵意に近い警戒心を抱いているに違いないし、他の氏族は他の氏族でトラブルに巻き込まれないように気を張っているところであるに違いない。

「なんというか、物凄《ものすご》いタイミングで来ちゃったな。リーフィル星系での行動を一旦キャンセルして、他の場所に行ったほうが良いんじゃないだろうか」

「それも視野に入れたほうがええやろなぁ。ドワーフの母星系に行くのもええんちゃう？」

「ガラキス星系ですね。ここからだとハイパーレーンで七つ先ですよ」

「そうね。こういうのはコーマット星系の件でお腹《なか》いっぱいだし」

「う、うーん……いいのかなぁ」

ミミ以外は早々にこのリーフィル星系を後にするという選択肢を支持するようだ。ミミは恐らく少しでも関わった案件を放り投げて立ち去る事に若干の忌避感を覚えているんだろう。

メイ？　メイはよほどの事がなければ基本的に俺が採る方針を支持するから。あまりこういう意思決定に意見を出さないんだよね。

「とにかく様子を見つつ、場合によっては即離脱する方向で。もう降下申請は出してるし、ちょろっと覗《のぞ》いていくくらいの気持ちで事に当たろう」

俺の提案にこの場に居るクルー全員が頷《うなず》いた。

これで今後の方針に関する意思統一はできたな。後はこの後の会食でどんな話が飛び出してくるか、といったところか。リーフィルⅣの権力闘争になし崩し的に巻き込まれないよう、せいぜい気をつけることにしよう。

☆★☆

身支度を整えた俺達はメイの案内に従って予約してある高級郷士料理店へと向かった。

この高級郷士料理店の代金の支払いに関しては若干先方と揉《も》めたそうだ。いや、揉めたと言ってもそれはお前が払え、いやお前が払えというようなものではなく、双方が共に自分の方で払うと主張しあったのだ。メイはこちらが誘ったのだからこちらが払うと言い、あちらは助けられたのは自分達なのだから、自分達が払うと言い張ったわけだ。

結局、こちら側で払って、気になるならその分を礼金だか褒賞金だかに上乗せしてくれという感じで納得してもらったらしい。

「なんというか、話を聞く限りはお堅い感じがするな」

「お堅い感じ、ですか。確かに、ご主人様の言うことは間違いではないかもしれません。筋を通すことに重きを置く方のようでしたので」

「筋を通す、ねぇ。まぁ悪いことではないわよね。誠実であると評することもできるんでしょうし」

「単に頭が固いだけなんとちゃうん？」

「お姉ちゃん」

ティーナが身も蓋《ふた》もない事を言ってウィスカに突っ込まれるのはいつものことだな。

「今は俺達だけだからいいけどな。先方の目の前でそういうのはやめろよ」

「あはは、大丈夫やって」

ティーナはそう言いながらケラケラと笑う。

「本当に大丈夫だろうな？　やらかしたら禁酒だぞ」

「めっちゃ気をつけるわ」

禁酒という言葉が出た瞬間真顔になる辺り、やはりティーナはティーナだな。ウィスカも真顔になってるのがちょっと面白い。

こんな風に割と気楽な感じで話をしながら目的の料理店に向かっているのだが、ミミだけは少し難しげな表情をしたまま黙っていた。

「ミミは何か引っかかることでもあるのか？　難しい顔をしてるけど」

「あ、いえ。今までの経験からどういう騒動に巻き込まれるのかなぁって考えてただけです。一手先、二手先を考えておけば先んじて手を打つこともできるかなって」

「なるほどなぁ……まぁ確かに。でも、難しくないか？」

「ですよねぇ……何をどうしたら良いかさっぱりわかりません」

これから起こることは今までのパターンからある程度は類推できなくもない。自分で言うのも何だが、多分ティニアさんに俺が気に入られる。或《ある》いは俺以外の誰《だれ》かかもしれないけど、クルーの誰かが気に入られる。そしてティニアさんを助けたという恩もあり、リーフィルⅣで厚遇されることになる。そうして行動するうちにリーフィルⅣでの権力闘争になし崩し的に巻き込まれ……という感じではないだろうか。

これを完璧《かんぺき》にスルーしようということになると、そもそも惑星に降下しないという策くらいしか俺には思いつかないんだよな。だからリーフィル星系での行動をキャンセルして一旦《いったん》離れるって案を出したわけで。

「なるようになる。最終的に儲《もう》かることが多いわけだし、あまりに気にせず行こう。いざとなればしっぽを巻いて逃げれば良いんだ」

「そんなこと言って、ほんまに逃げられるん？」

「お兄さんは結局何もかも放り捨てて逃げることはできなそうな気がします」

「そんなことないもん」

「もんって……」

エルマがジト目を向けてくる。できるさ。できるよ。今まで何度か同じようなこと言った気がするし、実際には一回も逃げてないけど場合によってはちゃんと逃げるよ。手に負えなそうな場合には逃げるというのも勇気ある選択なんだからな。

「そろそろ目的地です」

「やっとかー。結構歩いたなぁ」

「こういうときのためにRVを一両購入しても良いかもなぁ」

先日ついにテラフォーミング中の惑星に生身で降下する、なんて貴重な体験をする羽目になったからな。あんなのは二度とゴメンだが、一度あったなら二度目があってもおかしくはない。備えることは無駄にはならないんじゃなかろうか。前にコロニーが攻撃的な謎の生命体に奇襲されてたなんてこともあったし。

「おー、ええね、RV。弄《いじ》ってみたいわー」

「お姉ちゃんはエンジンとかフレームを弄るのが好きだもんね」

そうなのか。しかしティーナに任せるとマフラーが無駄に太くなって爆音になったり、ボディに夜露死苦とか天下無双とかペイントされたりしないかちょっと不安なんだが？　なんか妙にトゲトゲしてヒャッハー仕様になったりさ。

「あそこみたいね。入りましょ」

「楽しみですね、エルフの郷土料理」

「そうだな」

見た目は普通のビルみたいな感じだが、中はどうなってるのかね。

☆★☆

「ようこそいらっしゃいました。お連れ様は既にご到着されております」

「それはどうも。案内をよろしく頼む」

「かしこまりました。どうぞこちらへ」

唐草模様の民族衣装のようなものを着た店員さんに案内されて建物の奥へと進んでいく。建物の外装はコンクリートか金属製のビルって感じだったけど、内装には木材がふんだんに使われていた。

なんだか印象的には和風というか、地球の東洋風っぽいテイストだ。木製の柱や天井に渡されている木製の梁《はり》、それに暖色の間接照明に照らされている廊下の雰囲気に妙に落ち着くものを感じるな。

「なんだか不思議な感じのする様式ですね」

「エルフ様式の内装ね」

「ほーん、なんかええ感じやね」

「うん、なんだか落ち着くね」

どうやらこの内装は女性陣にも好評であるようだ。この世界じゃ木材は高級建材なんだよな。それをふんだんに使っている辺り、この店の資本はなかなかのものなのだろう。これは料理にも期待できそうだな。

「ここからは履物を脱いでお上がり下さい」

「靴を脱ぐんですね」

「そうみたいだな」

どうやら履物を脱いで板張りの廊下に上がっていくらしい。ますます和風な雰囲気だ。

「靴を脱ぐなんて珍しいなぁ」

「そうだね」

ティーナとウィスカも特に文句を言うわけでもなく受け容れているけど、やっぱり珍しい文化みたいだな。俺もこっちに来てからは初めてだし。エルマは特に感じ入る様子もないようだ。これは知ってたっぽいな。

「こちらのお部屋です。失礼致します」

民族衣装のようなものを着た店員さんが障子戸のような引き戸を開けて中へと俺達を導く。そこには三人のエルフ達が座していた。三人とも女性だ。そのうちの一人は先程メイが映像を見せてくれたグラード氏族のティニアさんである。

「待たせたかな、申し訳ない」

「いえ、私達が早く着きすぎただけです」

やはりティニアさんが代表格であるらしく、彼女は率先してそう発言して首を横に振った。そして見覚えのある強い意志を感じさせる瞳《ひとみ》を俺に向けてくる。

「どうぞ、お座り下さい。床に直接座るのは慣れないでしょうが」

「大丈夫だ。皆も適当に座ろう」

俺は食卓を挟んでティニアさんの真正面に座ることにした。会食に至る経緯を考えればそれが適当だろう。俺の左右にミミとエルマが座り、ミミを挟んで向こう側にティーナとウィスカが座る。メイは俺の左斜め後ろに用意されていた座布団にお行儀よく座った。食卓に着かないメイに視線を向け、ティニアさんが小首を傾《かし》げる。

「彼女はメイドロイドだから食事を摂《と》らないんだ」

「めいどろいど、ですか？」

「あー、もしかしてリーフィルⅣには普及していないのかな……彼女の身体《からだ》は機械でできているから、食事を摂る必要がないんだよ」

「なるほど……そのような種族の方もいらっしゃるのですね」

ティニアさんはわからないなりに納得してくれたようで、素直に頷いてくれた。

「料理が来る前に改めて自己紹介しておこうか。俺はヒロ、戦闘艦クリシュナと武装母艦ブラックロータスのオーナー兼艦長だ。傭兵《ようへい》ギルドに所属しているプラチナランクの傭兵でもある。彼女はミミ、クリシュナのオペレーター兼マネージャー、そしてこちらはエルマ、クリシュナのサブパイロットを務めてもらっている。彼女も傭兵ギルドに所属している傭兵だ」

「よろしくおねがいします」

「よろしく」

「そしてあっちの二人はティーナとウィスカ。髪の赤いほうがティーナで、青いほうがウィスカだ。二人はスペース・ドウェルグ社から出向してきている優秀なエンジニアだ」

「ティーナや。よろしくなぁ」

「ウィスカです。よろしくおねがいします」

ティーナが笑顔で手を振り、ウィスカは真面目《まじめ》にお辞儀をする。この辺も姉妹の性格が出るよなあ。

「そして後ろで控えているのがメイドロイドのメイだ。武装母艦ブラックロータスの運用と管理を担ってもらっている。あの大型宙賊艦を襲撃した際に別働隊の戦闘ボット達を指揮していたのも彼女だな」

メイがお行儀よく正座したままお辞儀をする。この場で正座をしているのはティニアさん達三人とメイ、そしてエルマだけだ。俺とティーナは胡座《あぐら》をかいてるし、ミミとウィスカは床に座るのに慣れないようで、エルマの真似《まね》をして正座しようとしたり、それを崩したりともじもじしている。

いっそティーナみたいに胡座をかいてもいいのよ。二人ともスカートってわけじゃないんだし。

「ご紹介ありがとうございます。ではこちらも紹介させていただきます。私はグラード氏族、氏族長の次女、ティニアと申します。こちらはミザ、そしてこちらはマム、どちらも私と同じグラード氏族の眷属《けんぞく》です。二人は私の側仕《そばづか》えという立場となります」

「なるほど、側仕えね。やっぱりティニアさん……いや、ティニア様と呼んだほうが良いかな」

「いえ、私のことはティニアとお呼び下さい。命の恩人に敬称付きで名前を呼ばせるなど畏《おそ》れ多《おお》いです」

「畏れ多いと言ったらこっちもそうなんだが……まぁ、素直に従うとするよ。二人も側仕えを従えているということは、ティニアはやはり身分の高い女性なんだな」

俺の言葉にティニアは首を横に振る。

「家の格式は高いですが、それはシータでの――リーフィルⅣの中だけの話です。リーフィルⅣの外に出れば私はただの小娘に過ぎませんので、ヒロ様がお気になさることはありません。それに、側仕えと言っても実際にはそこまで畏《かしこ》まった関係ではありませんよ。彼女達は幼い頃《ころ》から一緒に過ごしている、仲の良い友人ですから」

その仲の良い友人達は随分と緊張した表情だけどなぁ……これは俺達が警戒されているのか、それともただ単に緊張しているだけなのか。

「それじゃあ、自己紹介も終わったところだし、積もる話はリーフィルⅣ――シータの郷土料理が来てからするとしよう」

「はい、そう致しましょう」

俺の提案にティニアが真一文字に引き締めていた口元を緩め、微笑《ほほえ》みを浮かべる。ふむ、元から美人だけど笑うと一層美人だな……って痛い痛い。左右から脇腹《わきばら》なり太ももなりを抓《つね》るのをやめなさい。別に鼻の下は伸ばしてないだろ！

☆★☆

リーフィルⅣの郷土料理というのは洋食のコース料理のように前菜、スープと順に料理を出していく形式ではなく、最初から全《すべ》ての料理が食卓の上にドンと並べられ、個々人が好きなように食事をするというスタイルであるようだった。

「豪華ですね。なんだか見ているだけで楽しくなってきます」

「うん、これは大したもんだ」

俺の目の前には野菜か山菜の天ぷらのようなものだとか、何かの獣肉のステーキのようなものだとか、くつくつと煮え立つ小鍋《こなべ》のようなものだとかが並んでいる。食材の色彩も豊かで、ミミの言う通りこうして料理が並んでいる様を見るだけで楽しい気分になってくるな。俺の印象としてはちょっと高級な旅館とかで出てくる料理って感じだ。

「これはシータでも特別な、客人をもてなす宴《うたげ》料理というものになりますね。通常の食事よりも贅《ぜい》を凝らした料理です」

「なるほどね。確かにこんな料理を毎食用意するとなると、専用の料理人を最低でも三人くらいは雇わないと手が回らないだろうな」

天ぷらに焼き物と煮物が二種、汁物に小鍋料理、それに香の物のようなものに菓子らしきものまで用意されている。しかも煮物に使われている野菜には飾り切りが施されているし、この料理の彩りもきっと考え抜かれた末のものなのだろう。これはまさしく職人の仕事だな。

「ヒロ様は料理についての造詣《ぞうけい》が深いのですね……？」

ティニアはとても不思議そうに小首を傾げた。惑星上の居住地に住んでいる彼女は恐らく普段から『本物』の肉や野菜から作られた食事を摂っているのだろうが、宇宙に住む人々の殆《ほとん》どは生まれた時からフードカートリッジから作られた合成食品を主な食事としている。その結果、宇宙に住む人々の大半は料理や調理に関する知識が全く無いのだ。にもかかわらず、俺が料理に関して比較的まともな意見を述べたのが意外であったのだろう。

「ヒロは生の食材からちゃんとした料理を作れるスキルを持っているのよ」

「そうなんですよ。ヒロ様の料理はとても美味《おい》しかったです」

「そうなのですね……私も嗜《たしな》み程度ですが、調理を学んでおります。機会があれば互いの料理を口にしたいものですね」

ティニアが再び微笑みを浮かべながら俺に視線を向けてくる。

「いや、俺のは雑な男料理だから……こんな職人芸を期待されても困るぞ」

「この料理が職人による手の込んだ料理であるとわかるだけでも稀有《けう》なことだと思います」

「せやね。さすが兄さんや」

「お兄さんは博識ですよね」

ティニアだけでなくティーナとウィスカまで俺を褒め称《たた》え始めた。なんだなんだ？　褒め殺しか？　そんなに褒めても何も出ないぞ。

「それはそうと、ヒロ様の船のクルーは女性ばかりなのですね」

「成り行きでな……最初は俺一人だったんだけど、最初にミミをクリシュナに乗せることになって、その後すぐにエルマもクルーとして迎え入れることになった。その後暫《しばら》くしてからメイが加わって、母艦を購入する際に母艦を作ったシップメーカーからティーナとウィスカが出向してくることになったんだ」

「なるほど……差し支えなければ、どのような経緯でヒロ様の船に乗ることになったのかお聞かせいただいてもよろしいですか？　とても興味があります」

ティニアの視線がミミに向く。ティニアに視線を向けられたミミが「どうしたものでしょうか？」といった感じの視線を向けてきたので、俺は頷《うなず》いてみせた。

「俺は構わない。ミミに任せるよ」

「ええっと……それじゃあ」

という感じでミミが自分の身の上話を始め、ミミに続いてエルマも船に乗った経緯を話し……と食事を進めながら俺達の来し方をティニアに語ることになった。惑星外の話を聞くのは珍しいのか、三人とも大層興味深げな様子である。

「私達ばかり貴方様達のことを聞きほじってばかりで申し訳ありません」

「いやいや、そうやって興味深げに瞳を輝かせて聞いてもらえる分にはこちらとしても話し甲斐《がい》があるってものだよ。な？」

「そうね、ヒロは所々で茶々を入れてるだけだけど」

「茶々だなんて人聞きの悪い。ちょっとした補足説明ってやつだろう？」

そうやってエルマとじゃれ合っていると、ティニアは俺とエルマのそんな様子をジッと見つめているようだった。

「……お二人は夫婦の契りを交わされた仲なのでしょうか？」

「夫婦の契りとはどういうものなのだろうか？」

夫婦の契りというのが肉体関係という意味ならイエスなんだが。ただ、それをこうした場で口にするのは流石《さすが》に憚《はばか》られるな。

「書類上の夫婦関係という意味ではノーよ。ただ、私の家族には認められた仲ね。いわば婚約関係と言っても過言ではないと思うわ」

「……なるほど、それではミミ様は？」

「え、えっと、私は……」

ミミが頬《ほお》を赤く染めながら視線を彷徨《さまよ》わせる。

「ミミ様とご主人様は既に帝国臣民法上の夫婦となっています」

「……ヒロ様はエルマ様と婚約関係なのでは？」

ティニアさんが首を傾げる。ああ、エルフは一夫一婦制なのね。まぁ俺も基本的にはそういう貞操観念というか男女観の人間だったんだけども。

「実際には婚約関係と言うか事実婚関係だけどね。ヒロは一代限りとは言え帝国の名誉子爵だから一夫多妻が法的に認められてるし、それだけの甲斐性もあるから」

「……そういうものなのですか。外の事情というのは複雑怪奇なものなのですね」

「なんや兄さん、今更うちらのこと捨てるん？」

「なんというか君達の中ではもう既定路線なんだな？」

「ああ、うん。それはちょっとわかるかも。家族って良いよね」

「大家族っていいよなぁ。うち結構そういうの憧《あこが》れてて」

俺のキャパシティは既に限界よ？


　何か感じ入る部分があったのか、彼女は納得したように再び頷く。もう少しこう、否定的な態度を取られると思っていたんだが……意外と普通に受け容《い》れてくれるんだな。というか、あまりにも普通に納得されてしまって微妙に怖いんだが。なんか変なこと考えてない？　俺のキャパシティは既に限界よ？


「なるほど……」

「この先どうなるかまではわからない。軽々しく口にすることは避けたいと思う。ただ、俺にだって節操というものがあるんだ、一応は」

「今の所、ですか」

「二人とは何でもな……くはないけど、今のところそういう関係ではないぞ」


　ティーナとウィスカの発言を聞いたティニアがそう言って至極真面目な表情で頷く。そこで何の疑問もなく納得されてしまうのも俺的にはいたたまれないのですが。ミミとエルマとメイの三人に手を出している時点で節操なしって評価はもう避けられないのはわかってはいるんだけどさ！


「……なるほど。英雄色を好むと言いますものね」

「お、お姉ちゃん……」

「うちとウィーも兄さんに養ってもらう予定なんやで」

「酷《ひど》いですお兄さん。あんなに愛し合ったじゃないですか」

「二人して人聞きの悪い事言うのやめない？」

そんなわざとらしく目を潤ませて言うんじゃないよ！　ほら、ミザさんとマムさんの視線が突き刺さりそうなほど鋭いじゃん！　違うから！　俺は無実だから！　俺は悪くねぇ！

☆★☆

「そろそろ俺をいじめるのはこれくらいにしてくれないだろうか」

という俺の切実な訴えにより、俺の女性関係の話は打ち切られることになった。まぁ、実際のところは俺とミミとエルマが互いに互いを認めつつ、仲良くやっているのだということをティニア達が理解してくれたということだな。

本当はメイドロイドであるメイもそこに含まれる上、先程の反応からティーナとウィスカも割と本気で俺とそういう関係になることを望んでいるということが発覚したわけだが、それはとりあえず横に置いておくことにしよう。

メイはそういう部分で自己主張をする性質《たち》ではないし、ティーナとウィスカの件については今の俺を取り巻く状況を理解した上で好意を寄せてくれているという意味以外の何物でもないのだから。

まぁ、それも俺にしてみればロープ際にでも追い詰められたような心境であるのだが。

「それでは、今度は私達が何かお話をしましょうか」

「そうしてもらえると嬉《うれ》しいな。さて、何を聞こうかな？」

「エルフの方々がどんな風に暮らしているのかは興味がありますね。惑星上での生活ってどんな感じなんですか？」

「どんな感じ、ですか……」

ミミの質問にティニアは小首を傾《かし》げて少し考え込んだ。

「私達グラード氏族は狩人《かりうど》の一族です。皆夜が明ける頃《ころ》に目を覚まし、女達は水場で洗い物をしたり、身を清めたりします。男達はその間に薪《まき》を拾い集めたりして、女達が水場から戻ってきたら水場に身を清めに行きますね」

「なるほど。それで朝の用事が終わったら男達は狩りに行くのかな？」

「はい。主な獲物はディンギルやムンバ、レザリア、ピルル、キンジャですね」

「名前だけだとどんな生き物なのかわかりませんね」

ミミが首を傾げる。俺も全く想像がつかないな。

「ディンギルは場合によっては人すらも襲う獰猛《どうもう》な獣で、ムンバは臆病《おくびょう》ですが逆上すると危険な獣です。レザリアは身体《からだ》が大きく、強固な鱗《うろこ》の皮膚を持つやはり危険な獣ですね。ピルルやキンジャは鳥です」

「危険な獣、多いなぁ……」

「危険って言っても前にヒロが戦った白い化け物どもとかツイステッド程じゃないわよ。あくまでも全部野の獣なんだから、理由もなく襲いかかってきたりするわけじゃないわ」

「ヒロ様も獣を狩ったことがあるのですか？」

エルマの言葉を聞いてティニアが首を傾げる。

「俺が戦ったのは獣というよりは生物兵器だよ。ヒト――に限らないけど、とりあえず目につく自分達以外の生命体と、主《あるじ》以外の全《すべ》てを殺すことだけを本能として生まれ持つように作られた生き物だな」

「……同胞以外の全てを殺戮《さつりく》するためだけに作られた獣ということですか？」

「そういうことね。リーフィルⅣの――シータの外にはそんな獣とも言えない存在や、そんな存在を作って弄《もてあそ》ぶような連中がごまんといるってわけ」

「……恐ろしい話です」

ティニアさんはそう言って右手で空を切り、何かまじないめいた動作をしてみせた。

「しかし、ヒロ様はそのような恐ろしい存在との戦いすらも切り抜けてきたのですね」

「そうだけど、別に生身でってわけじゃないぞ。白い化け物との戦いではパワーアーマーを着てたし」

「より危険なツイステッド相手にはほぼ生身で挑んでたけどね」

「それがしもあんな状況に生身で放り込まれたくなどはなかった……」

絶賛テラフォーミング中の超過酷な環境に生身で放り込まれるなんてのは二度と御免だ。近いうちに軽量型のパワーアーマーを絶対に買おう。リーフィル星系での用事を終わらせたら、そういうのに強いハイテク星系を目指すのも良いかもしれんな。

「なぁなぁ、その狩りってのにはどんな武器を使うん？　レーザー系の武器だと肉に悪影響がありそうやけど」

今まで話を興味深げに聞いていたティーナが酒の入ったジョッキを片手にティニアにそう聞いた。

テクノロジー好きのドワーフとしてはやはり気になるものなのだろう。

「基本的にそういった狩りに外の武器を使うことはありません。狩人達は精霊銀の弓矢や槍《やり》、狩猟刀などで戦うのです」

「精霊銀？」

聞き慣れない言葉に俺は首を傾げる。ティーナとウィスカも聞き慣れない素材の名を聞いて興味深げに目を輝かせているようだ。

「はい。金属というものは基本的に精霊術と相性が悪いのですが、唯一精霊銀だけは精霊術との相性が非常に良いのです」

「精霊術……所謂《いわゆる》魔法ってやつか」

実はエルマもそういった術を使える。実際に見せてもらったこともある。まぁ、ライター代わりに使えるくらいの小さな火種を出すやつだけだけど。宇宙空間という場所においてはそういった術を行使するための存在が希薄であるらしく、大した術は使えないのだとエルマは言っていた。

「あー、そういやエルフはサイオニック適性があるっちゅう話やったっけ。ちゅうことは、精霊銀ってのは所謂P・A・Mの一種ってことやね」

「P・A・M？」

「Psionic Amplification Materials――長ったらしいから頭文字を取ってP・A・Mなんて呼ばれとるわけや。端的に言えば精神増幅素材ってとこやね」

「せいしんぞうふくそざい」

「せや。その殆どは金属に似た特性を持っていて、産出量が極めて少ない希少素材や。加工がめっちゃ難しくてな。普通の金属と同じように扱うとすぐにだめになってしまうんよ」

「とはいえ、サイオニック能力を増幅するという特性以外に目立って優秀な点は少ないので、そんなに素材としての価値は高くはありませんね。加工難度が高い割には強靭《きょうじん》でも熱に強いわけでもないですし。神秘的で希少なのでＰ・Ａ・Ｍを専門的に蒐集《しゅうしゅう》する好事家もいるみたいですけど」

「なるほどなぁ……シータの人達はそんな希少素材を使った弓矢や槍で危険な獣と戦っているわけだ。風の精霊に頼んで矢の速度を上げたり、土の精霊に頼んで槍の強靭さや貫通力を上げたりするのか？」

俺達の会話を興味深げに聞いていたティニアが俺に質問されて驚いたような表情を見せる。

「はい、そうなのですが……ヒロ様は何故《なぜ》そのようなことを知っているのですか？　ああ、エルマ様に聞いたのですね」

「そんな感じね」

などと言いながらエルマが密《ひそ》かに俺の脇腹《わきばら》に肘鉄《ひじてつ》を入れてくる。とても痛い。

想像で言っただけだが、俺の知識はこの世界の基準で言うと妙な具合に偏っている。迂闊《うかつ》な発言から俺の特殊な出自——気がついたらクリシュナと一緒にこの世界に放り出されていた——が露呈すると、面倒な事になりかねないわけで、エルマはそうならないようにフォローしつつ余計なことを言うなと俺を掣肘《せいちゅう》してきたわけだ。気遣いは嬉しいけど、できればもう少し優しく掣肘してほしい。

「えっと、狩った獣はどうするんですか？」

「はい。狩った獣は血抜きをして水などで肉を冷やした後に集落へと持ち帰られて私達の糧となります。皮や毛皮などは鞣《なめ》されて様々なものに加工され、肉は私達が食べるわけですね。ここには出てきていませんが、内臓の料理などもなかなかに美味《おい》しいものですよ」

「な、内臓ですか……」

内臓を食べるという話を聞いたミミが少し顔を青くする。確かに内臓料理というのは馴染《なじ》みのない人にとっては少し気味の悪いものかもしれないな。

「はい。内臓というのはあまり日持ちがしませんから、肉と違って売《う》り捌《さば》くことは難しいのです。ただ、肉にはない美味しさと滋養がありますので、私は嫌いではありませんね。頂いた命を出来得る限り余すこと無く糧とするというのが私達の流儀なのです」

「なるほどなー……まぁ馴染みは薄いけど、理解できる話だな」

「私達の普段の生活を考えると耳が痛い話よね」

「それは違いないな」

自然の恵みを敬い、無駄なくありがたく頂くという彼女達の流儀からすれば俺達傭兵《ようへい》の生き様や在り様というのはかなり遠い存在であろう。狩りをしているのには違いはないけど、俺達は相手の血肉を食らって生きているわけではないからな。いや、ある意味では血肉を食らって生きているのか？

「私達には私達の、貴方達には貴方達の流儀があるというわけですね。互いにそれを尊重できるのであれば問題はないと思います」

「郷に入っては郷に従えって言葉もあるから、シータでは出来得る限りそっちの流儀に従うのが筋だろうな。できるだけ気をつけていきたいところだ」

「そうですね。そしてその、内臓料理というものにもチャレンジしてみたいです」

「せやなぁ。うちはエルフの作るお酒をもっと色々飲んでみたいわ」

「そうだね。このお酒も美味しいし」

色気より食い気だな、君達は。観光客のスタンスとしては真っ当なんだろうけど。というか、コーラの存在を追い求めて惑星に降下しようとしている俺がミミ達のことをとやかく言うことはできないか。完全に同じ穴の狢《むじな》だ。

そのような感じで基本的に和やかなムードの中で会食は進んでいき、料理が尽きた後も存分に語らってからお開きということになった。ティーナとウィスカはずっとガバガバと酒を飲んでいたのに中座することもなかったんだけど、君達のどこにあれだけの酒が収まっているのだろうか。ドワーフの身体には不思議がいっぱいだな。

☆★☆

グラード氏族のティニア達との会食の翌日、今度はミンファ氏族のネクトという人物から書状が届いた。内容としては、宙賊達の手から救い出してくれた事に関する礼と、その際に命を助けてもらった礼を述べたいという内容だ。本来であればネクト自らが出向いて礼を述べるべきところだが、療養中であるためこちらから出向くことができないということに関する謝罪とともに、シータに降りた際にはこの書状を持参してミンファ氏族の元を訪れてくれれば、氏族長の第二子として出来得る限りの便宜を図ると書かれていた。

「見ろよこれ。封筒に書状だぞ、書状。今の時代に紙に書いた書状とか凄《すご》くね？」

「まぁ、贅沢品《ぜいたくひん》ですよね」

「そうね、嗜好品《しこう》のレベルを超えて贅沢品ね」

ネクト氏から届いた書状が入っていた封筒をピラピラと振ってみせると、ミミとエルマがそれぞれ頷《うなず》いた。この世界では、紙なんてものが普段の生活で使われることが全く無くなっており、その全てが完全に電子化されていると言っても過言ではない。実際、この世界に来てからメモ用紙を含めて文字を書くための紙媒体というのを俺は見かけた覚えがない。製品のパッケージの類もほぼ全てがプラスチックのような合成素材で出来ており、ラベルなども基本的にはパッケージそのものに直接印刷されているのだ。

「しっかし雅《みやび》やなぁ」

「メッセージじゃなくて紙の書状っていうのは確かにそうだよね」

「どんな人なんだろうな。傷を負って呻《うめ》いているとこしか見てないから人となりが全然わかんねぇんだよな」

ちなみに、昨日《きのう》の会食の際にグラード氏族のティニアからもシータに降りた際には是非グラード氏族領を訪れてくれと言われている。グラード氏族を挙げて歓迎してくれるという話だ。

「あまり堅苦しいのは御免だけど、何かと便宜を図ってもらえるなら渡りに船ではあるよな」

俺達がシータに降りる理由というのは全体としては観光、俺個人の目的はコーラ探しである。薬湯関係の話題をフックに、それっぽい飲料がないか探りを入れなければ。正直、コーラを手に入れるためであれば多少の無理難題は引き受けても良いと思っているし、多少強引な手でも躊躇《ちゅうちょ》なく使うつもりである。代替品で誤魔化《ごまか》すのもそろそろ限界だ。

「とにかく、権力闘争にだけは巻き込まれないように注意しましょう。いざとなったら星系外に逃げるくらいのつもりでね。所詮《しょせん》いち惑星の中での話なんだから、数星系も離れれば完全に影響下から逃れられるだろうから」

「なんかきな臭い感じですもんね」

「兄さんはトラブル誘引体質やからなぁ」

「というか、どんなに気をつけても避けるのは無理な気がするんですけど」

「ウィスカ、それ以上いけない」

本当のことを言っても誰《だれ》も得をしないことだってあるんだぞ。それを言い始めたら、こうして話し合っていることすら無駄ということになるじゃないか。人は決して諦《あきら》めてはいけないんだ。運命は受け容《い》れるものじゃない。切り拓《ひら》くものなんだ。なんかどこかの漫画かゲームかアニメの主人公とかがそんな感じのことを言ってるよ。知らんけど。

『ご主人様』

益体もない話をしていると、俺達がのんべんだらりと過ごしていた休憩スペースにメイの声が響き、休憩スペースのホロディスプレイにメイの姿とブラックロータスのコックピットの光景が映し出された。

「どうした？」

『リーフィル星系の惑星管理局から惑星への降下申請が通ったという連絡がありました。こちらから降下スケジュールを伝えればいつでも降下が可能です』

「え？　早くないか？　なんか結構時間かかるって話じゃなかった？」

『はい。どうやら星系軍やグラード氏族、ミンファ氏族――というか族長連合からの働きかけがあったようで』

「なるほど」

「予想できたことではあるわね」

リーフィル星系の権力構造がどうなっているのか詳しいことまではわからないが、今の俺達は星系軍や族長連合に盛大に恩を売った状態だ。それらの組織はそれなり以上の権力を握っていることは予想に難くなく、そちらからの働きかけでお役所の仕事が通常よりも早く進められるというのは確かにありそうな話であった。

「そう言ってもな。拿捕《だほ》した大型宙賊艦の改修作業があるわけだし、そうホイホイと明日から行きますってわけにはいかないだろ」

「せやねぇ。あと三日……いや、二日は要るで」

「売却手続きを早めに進めることは可能ですね。仕様は決定しているわけですし。売却手続き自体は降下後に進めることも可能ですから、別に急ぐ必要はないんじゃないでしょうか？」

「降下して諸々《もろもろ》片付けた後に改修作業をすることもできますけど、その日数分ドックに停泊したままになるので、費用が嵩《かさ》みますよ。それに改修が終わっても、売却手続きが成立するまで停泊費用はこちら持ちなので、改修と売却手続きは早めに片付けたほうが良いと思います」

ティーナとミミ、それにウィスカがそれぞれの立場から鹵獲《ろかく》した大型宙賊艦の始末についてアドバイスしてくれる。

「それじゃあ降下は三日後ってことで。ティーナとウィスカには悪いけど、改修作業は二日で済ませてくれ。売却手続きは今からでも始めるってことで、ミミはティーナ達と連携して作業を進めてくれ」

「はいっ！」

「がってん」

「わかりました」

「私は降下スケジュールを調整するわね。降下する際のコースとかも事前に通達しなきゃいけないし」

「そうしてくれ。降下の際はブラックロータスごと降下するから、停泊施設に関する調整とかも要るだろ。メイと相談して計画を詰めてくれ」

「了解」

『承知致しました』

「そして俺は……俺は何をしような？」

やるべき仕事を全部クルー達に割り振ってしまった結果、手持ち無沙汰《てもぶさた》になってしまう俺であった。

「何かあったら相談するから、ドンと構えてなさい。でも、あんまり外に出ないでね。変なトラブル拾ってきそうだし」

「はい」

俺はエルマの言うことに素直に従うことにした。俺は素直ないい子なので。

☆★☆

「ふーん、ふんふんふーん♪」

俺は素直ないい子なので船の外には出ないことにした。エルマが心配していたのは、俺がコロニーにふらふらと遊びに出てティニアやネクト、その他エルフのお偉いさんなどに出会い、無用なトラブルに巻き込まれることだろう。

だから船の外には出ないようにする。うむ、実に理に適《かな》っている。

だから俺は船の外には出ない。だが船ごと外に出るのはセーフではなかろうか？　具体的にはクリシュナに乗って宙賊をしばきに行くのはセーフなのでは？

クリシュナで宇宙に出て宙賊をしばき倒して暇潰《ひまつぶ》しをする。俺は儲《もう》かるし暇を潰せる。リーフィル星系の人達は宙賊が減って安心できる。最高だな。宙賊くらいしかいない宇宙空間で活動をしている分には、エルフのお偉いさんと関わって変なトラブルに見舞われることもない。完璧《かんぺき》だ。

心の中で完全なる理論武装を行った俺は、クリシュナのコックピットに足を踏み入れた。

「おはよう。随分早かったわね」

「おはよう。ちょっと急用を思い出した」

クリシュナのコックピットで待ち伏せしていたエルマに挨拶《あいさつ》をして踵《きびす》を返す。よし、俺は何も見なかった。誰にも会わなかった。俺は素直ないい子なので、ブラックロータスの休憩スペースで大人しくしていようと思う。俺はいい子なので。

あの、俺はいい子なので放してはくれまいか？　肩が、肩が痛い！　握力が強いですエルマさん！　ゆるして！


「という夢を見たんだ」

痛む肩を押さえながらそう語ると、昼休憩のために船に戻ってきていたティーナとウィスカにジト目で睨《にら》まれた。

「お兄さん、この期に及んで仕事を増やそうとするのはどうかと思いますよ」

「ちゅうか夢やないやろ、それ。めっちゃ見張られてるやん」

俺の背後にはメイが控えていた。これは別に俺を見張っているわけではない。見守っているのだ。

「というかいつもの兄さんらしくないやん。どこからそのパッションが溢《あふ》れてくんねん」

「宇宙の強制力が」

「実は何か面白いことが起きないかなとか思ってません？」

「ソナコトナイアルヨ」

実は面倒くさそうな権力関係のトラブルよりも、宙賊とか宇宙怪獣をぶっ飛ばして終了！　大団円！　みたいな展開のほうが楽なので、どうにか動き回って今の流れを変えられないかなとか思っているのは秘密だ。俺がトラブルを引き寄せる体質だというのならワンチャンあるのでは？

え？　そんなオカルトじみたジンクスのような何かを信じ込んで行動するとかおかしい？　いやいや、考えてみてくれ。こっちの世界に来てからこの方、トラブルに次ぐトラブルに見舞われているんだぞ。二度あることは三度あるどころの話じゃない。四度も五度も起こっている。最初期から一緒にいるミミとエルマもきっと同じ感想を抱いているに違いない。

「大人しゅうしとき。どうせ星に降りたら何かあるんやろうから」

「あ、ティーナもそういう認識なんだ」

「ブラド星系を出て以来、お兄さんは行く先々で結晶生命体との戦闘に巻き込まれたり、帝室に絡まれたり、貴族の権力闘争に巻き込まれたりしてますからね……」

「兄さんの腕前が抜きん出てるっちゅうこともあるんやろけど、それでもなぁ……」

ドワーフ姉妹が左右から憐《あわ》れむような視線を向けてくる。ははは、そういう目で見るのはやめてくれ給え。その視線は俺に効く。でも、俺と一緒にいる限りは二人も一蓮托生《いちれんたくしょう》だからな。一緒に頑張ろうな？　な？　オラッ、逃さんぞ！

そうして俺はメイに監視されながら、整備士姉妹と束《つか》の間《ま》の穏やかな時間を過ごすのであった。

☆★☆

結局俺も自分の身が可愛《かわい》いので、二日間を大人しく過ごした。常にクルーの誰かが俺の側《そば》に控えるようになっていたのはアレかな？　俺が何か悪戯《いたずら》をしないようにってことかな？　別に俺は子供じゃないんだから、そんなの必要ないと思うんだけど？　あ、そう。目を離すと何かやらかしかねないと。なるほど。

「なんだかんだと構ってくれるのは嬉《うれ》しくはあるからヨシ！」

「久々にヒロ様とゆっくり過ごせた気がします」

「ここのところ忙しかったものね」

待機二日目の夜。食堂で食事を終えた俺達はそのまま食堂でまったりと過ごしていた。

「うちらはゆっくりしてる暇はあらへんかったけどな」

「なんとか仕上げは終わったけどね」

くたびれた様子の整備士姉妹は未《いま》だ作業用のジャンプスーツを身につけたままである。作業を終わらせて、そのままこの食堂で食事をしていたのだ。

結局のところ、ミミやエルマ、メイの受け持った作業というのは整備士姉妹の受け持った作業に比べると時間的な余裕が多かった。なので、基本的には三人のうち誰かと、或《ある》いは全員とゆっくり過ごす時間が多かったのである。

「この埋め合わせはボーナスでするから」

「ボーナスもええけど、うちも兄さんとゆっくりしたい」

「埋め合わせということなら平等にするべきだと思います」

「えぇ……？　ぐいぐい来るじゃん？」

なんかこの前の会食以来、ティーナとウィスカが積極的である。今まではこう、一歩引いた感じというか、本当か冗談かちょっと判別しづらいアピールをする程度だったのに、こういうストレートな発言が増えているように思う。

「うちらな、気づいたんや」

「お兄さん相手に迂遠《うえん》な手を使うのは逆効果だって」

「なるほど」

「ついに気づいたのね」

ミミとエルマがそれぞれ頷《うなず》いたりニヤニヤしたりする。俺としては大変複雑な気分なのですが？

「ちゅうわけでな、これからは当たって砕けろで真正面から行くから」

「砕けちゃ駄目だよ、お姉ちゃん」

「ティーナさんとウィスカさんなら歓迎しますよ」

「そうね。二人はしがらみも少ないし、別に断る理由もないわよね？」

「そこで俺に振るのはやめて欲しい」

ここでそうだねって言ったらじゃあそういうことでってなっていきなり今晩にでも二人が俺の部屋に突撃してきかねないじゃないか。俺にも心の準備ってものがあるんだからあまり追い詰めないで欲しい。

「メイはん的にはどう？」

「私ですか？　私が口を出すべき問題ではないと思います。ご主人様のご判断次第かと」

「でも、メイさんは私達をその……」

「監視はしております。ですがそれはお二人に何か思うところがあるわけではなく、単にお二人がスペース・ドウェルグ社から出向してきている外部の人間だからです」

「なるほど。じゃあ仮にうちらがスペース・ドウェルグ社と縁を切って、正式なエンジニアとしてこの船に乗るってなったら？」

「先程も言いましたが、私が口を出すべき問題ではないと思います。ただ、客観的な評価をするならば、プラスになる点が非常に多いと評するべきでしょう」

「……」

メイの発言を受けてウィスカがジッと俺を見つめてくる。ティーナも俺に視線を向けてくる。

「OK、二人の気持ちはよくわかった。でも先日の会食以来態度が豹変《ひょうへん》しているというのも自覚して欲しい。雰囲気に流されて舞い上がっていたりはしないか、今一度よく考えて欲しい。その上でなお心が変わらないなら俺も二人のことをしっかりと受け止めて、覚悟を決めようと思う」

全員の視線が俺に集まる。

「ヘタれたわね」

「そこはビシッと受け止めるとこやない？」

エルマとティーナが俺にジト目を向けながら非難し、ウィスカも何も言わないけど同じような視線を向けてきている。俺の後ろに立っているメイの視線がどんなものなのかはわからないが、ミミは少し不思議そうな視線を向けてきていた。

「どうした、ミミ」

「いえ、その……エルマさんの時は結構パパッとそういう関係になってたのに、なんでティーナさんとウィスカさん相手にはそんなに慎重なのかなって」

「それはそうだな……ふむ」

右手で顎《あご》を擦《さす》りながらティーナとウィスカに視線を向ける。何故《なぜ》据《す》え膳《ぜん》にパパッと手を付けないのか。別に俺は奥手って性質でもないし、二人には手を出したら行動に支障が出るほどのしがらみもない。二人とも貴族とかってわけじゃないし。ならば何故俺は二人に手を出すことに積極的ではなかったのか？

「うーん、やっぱりまだ二人との仲が深まっていないってことなのかな。そんなに急ぐ必要はないんじゃないだろうか」

「……つまりミミとエルマ姐《ねえ》とメイがおるからうちらは要らんっちゅうことか。せやからうちらには本気になれんと」

「いいや、それはないな。もしそうなら俺はもっと二人を雑に扱ってる。二人の警護のためにメイをつけたり、戦闘ボットを揃《そろ》えたりはしない。もし二人が宙賊だの貴族だのに略取されたら命懸けで助けに行く。それだけは絶対に間違いない」

俺に厳しい視線を向けてくるティーナにそう断言して真正面からティーナの目を見つめ返す。これで信用してくれないならそこまでだろうな。

「もー……なんやねん。めっちゃ本気やん。そこまで本気なのになんでうちらに手を出してくれんの？」

「それはそれ、これはこれ。もう少しゆっくり関係を進めていくってことで一つ、納得してくれ。俺も本気で考えるから」

「はぁ……ウィー？」

「うん、お兄さんの言う通りにしよう。お兄さんが本気で私達のことを考えてくれるって言うなら、焦ることはないと思う」

「もー、いい子ぶって。ウィーかてうちと同じように思ってたくせに。これだとうちだけみっともなく騒いだ感じやん」

ティーナが頬《ほお》を膨らませて怒り、ウィスカがクスクスと笑いながらティーナの頬をつつく。とりあえずこの場はこれで収まったようだけど、二人のことも本気で考えていかないとなぁ。宙ぶらりんのままにしておくのは良くない。良くないんだけど、そうなると背負うものが重いなぁ。

俺の腕は二本しか無いんだけどなぁ……これは色々と覚悟を決めなきゃならないか。

☆★☆

と、このように考えさせられる夜を過ごした翌日。俺達は心機一転リーフィルⅣ――地元の人の言うところのシータ――への降下を目指してリーフィルプライムコロニーを出立した。今回はブラックロータスごと降下するので、俺達クリシュナのクルーは休憩スペースでのんびりと降下を待つだけだ。艦の制御もメイに全《すべ》て任せる形になっているからな。

「で、早速これか？」

「心の距離を詰めるには身体《からだ》の距離を詰めるのが一番やん？」

「い、嫌ですか？」

「嫌ではないです」

休憩室のソファに身を沈める俺の両脇にティーナとウィスカが座り、俺にベッタリとくっついている。今日は作業用のジャンプスーツではなく、薄手の普通の服を着ているので、二人から直接伝わってくるちょっと高めの体温が心地《ここち》良い。

左下を見ればニマニマとした笑みを浮かべているティーナの顔。右下を見れば顔を真赤にしながらちょっと緊張した表情で俺を見上げてくるウィスカの顔。うん、こうしてみるとますます二人とも可愛いけど、このべったり加減は些《いささ》か落ち着かないな。

そんな俺達を少し離れた場所からミミが微笑《ほほえ》ましいものを見る顔で、そしてエルマは仏頂面で眺めている。

「ミミは楽しそうね」

「なんだか恥ずかしがっているヒロ様が可愛くて」

「そうかしら。鼻の下を伸ばしてるだけじゃない？」

「エルマさんも可愛いです！」

「ちょっ」

ミミがエルマに抱きついている。あっちはあっちで楽しそうだなぁ。まぁギスギスするよりは百倍良い。クルーの間をマネジメントしていくのも俺の仕事だな。これも自分が蒔《ま》いた種なので、頑張るしかあるまい。

「兄さんはこれから大変やねぇ」

「おい、元凶」

「わ、私はその、たまに構ってもらえれば……」

「そうはいかないだろう……ウィスカは我慢しがちだろうから、ちゃんと言ってくれよ。俺も頑張るけど、どうしたって目が届かなかったり、鈍い面があったりもするだろうから」

「うちは？」

「ティーナはこっちが気を遣うまでもなくグイグイ来るだろ」

そう言いながら左手でティーナの頭をわしゃわしゃと撫《な》でてやる。きゃーやめてーとか言いながらも嬉しそうなのは実に可愛《かわい》い。そうしていると右脇のウィスカもぐりぐりと頭を押し付けてき始めたので、ウィスカの頭の方は髪の毛が乱れないように撫でてやる。

「やっぱり鼻の下伸ばしてるわよ、あれ」

「それはそれで良いじゃないですか。皆仲良しってことで」

「……はぁ、ミミは大物よね」

「？」

エルマにそう言われたミミは首を傾《かし》げているが、俺もそう思う。なんだかんだで傭兵《ようへい》の生活に適応し、帝室に入るという選択もせずに自由な生活を選んでこうしてニコニコしているミミの器の大きさは俺達の中でも抜きん出てるな。間違いない。

そのようなことを考える俺を乗せ、ブラックロータスはリーフィルⅣへと降下していくのであった。

#3：熱帯湿潤惑星リーフィルⅣ

リーフィルⅣは陸地の大半が森林や密林に覆われており、全体的に高温多湿の惑星である。この世界における居住可能惑星の分類で言えば、湿潤気候に分類される熱帯型惑星といった感じだろうか。

「なかなかに蒸し暑いな」

リーフィルⅣ――シータに降り立って開口一番に俺はそう言いながら天を仰いだ。天候は概《おおむ》ね快晴と言って良いだろう。しかし湿気が酷《ひど》いな。日本の夏を思い出させる暑さだ。

「そう？　こんなものだと思うけど」

「エルマさんはなんともなさそうですね」

むしろいきいきしているように見えるくらいだな。いつもよりも耳の先端の位置が高いような気がするし。

「これくらいならなんともないな」

「コロニーのボイラー区画に比べればなんでもないよね」

ティーナとウィスカにとってもこの高温多湿な環境はそこまで辛《つら》いものでもないらしい。俺とミミだけか、この蒸し暑さを不快に感じるのは。

「しかし、こうしてみるとやっぱブラックロータスってデカいよな」

「そうですね。スキーズブラズニル級母艦は母艦の中でも大型の部類になりますから」

俺のすぐ側《そば》で控えていたメイが相槌《あいづち》を打ってくれる。当然ながらメイドロイドである彼女はこの蒸し暑さに不快感を感じるわけもなく、この暑さの中でもしっかりとメイド服を着込んでいるのに涼しい顔をしている。

ちなみに、ブラックロータスが停泊しているのはシータ上に存在する航宙艦停泊施設である。空港と港を足したような巨大施設で、ブラックロータスはその中でも一番大きなドックを占拠する形になっていた。

「これで停泊料は無料っていうんだから太っ腹だよな」

「ご主人様の為《な》されたことが早速功を奏しましたね」

「別に頑張ったのは俺だけじゃ……そうでもないのか？」

「船に突入したのはヒロ様と戦闘ボットだけですからね」

「ミミもサポートを頑張ったけど、結局やったのは殆《ほとん》どヒロよね。船を拿捕《だほ》しようって判断したのも、スラスターや武装をピンポイントで破壊したのも」

「それでも俺一人の功績ではないと声を大にして言いたい。俺達はチームだからな」

あと、戦闘以外の業務は基本的に皆に投げてるしな。今、全部の作業を一人でやれと言われたらブラックロータスを売却して身軽なクリシュナだけでやっていくことになると思う。ブラックロータスを導入して儲《もう》けは大きくなったが、戦利品の管理や売却、それに停泊手続きなど、操艦以外の雑務に必要なマンパワーは増大しているのだ。

「あ、兄さん。迎えっぽいのが来たで」

ティーナが指差す方向を見ると、バスのような形状の車両がこちらに走ってくるのが見えた。

「結構な年代物の車両みたいですね。でも走行は安定してがたつきも殆どないみたいです。多分丁寧に整備されているんですね」

両手でひさしを作りながらウィスカがこちらへと向かってくる車両をそう評価する。今日はいつもの整備用ジャンプスーツではなくいかにも少女らしいフリル付きの白いワンピースを着ている彼女だが、服装には関係なく何かしらのメカを見ると分析せずにはいられないらしい。

エンジン音らしきものも無く、非常に静かに現れたバスは俺達の前に停《と》まり、ドアが開いて一人のエルフの女性が降りてきた。光沢のある絹のような白い生地で作られたチャイナドレス風の衣装を身につけたエルフの美女である。胸部装甲は控えめだが、深めのスリットの奥に垣間《かいま》見《み》える白い太ももが目に眩《まぶ》しい。髪の毛の色はエルマと似た白銀色だ。

「ほう……いてっ」

感心の声を上げたら脇腹《わきばら》と尻《しり》に痛みが走った。エルマの肘鉄《ひじてつ》とティーナの張り手である。手加減してるんだろうけど普通に痛い。というか、ああいうチラリズムに目を引き寄せられるのは男の性《さが》って奴《やつ》だからお目溢《めこぼ》し願いたい。あれは高度な視線誘導技術だと思うんだ。

「お待たせ致しました、ヒロ様御一行ですね？」

「そうだ。お出迎えどうも」

「いえ、ヒロ様は我々の恩人ですから。同族の方もいらっしゃったのですね」

そう言って案内役のエルフ女性はエルマに視線を向ける。

「私はローゼ氏族、ウィルローズ家の分家の血筋よ。曽祖父《そうそふ》の代に宇宙《そら》に昇ったの」

「ああ、やはりローゼ氏族ですか。その髪の色でそうではないかと思っていたんです。では、私と同郷ということになりますね」

案内役のエルフの女性が屈託のない笑みを浮かべる。なるほど、氏族によって髪の毛の色が違うのか？　でも遺伝的なものだろうし、異なる氏族間で血縁を結べば一概に髪の毛の色だけで判断できるとは思えないんだけどな。ただ、エルフは生態がかなり謎だからな……特に繁殖関係はかなり複雑怪奇な感じだし。

「話はそれくらいにして早く車に乗ってもらえ。客人に立ち話をさせるものじゃない」

「そうですね。皆様、どうぞお乗りください」

バスの中から聞こえてきた男性の声に従って案内役の女性エルフが俺達に乗車を促す。俺達は全員手荷物持ちだったが、車内には十分なスペースの余裕があり、問題なく乗り込むことが出来た。

手荷物の中身は着替えやちょっとした身の回りの品など、概ね宿泊に必要なものだ。あとはレーザーガンとか俺の場合は大小一対の剣とか。流石《さすが》にレーザーライフルやグレネードの類、それにパワーアーマーやコンバットアーマーなどの本格的な戦闘用装備は持ち込んでいない。

高温多湿だって話は聞いてたから、全員分のカメレオンサーマルマントは持ち込んでおいたけど。あれはテラフォーミング中の惑星でも快適に行動できるくらいの環境適応能力があるからな。熱帯型惑星のシータでも屋外活動をする際には役に立つことだろう。

「ヒロ様は貴族なのですか？」

俺の剣を目にした案内役の女性エルフが首を傾げる。

「あー、まぁ、名誉爵位だけどそうなるのか？」

「ゴールドスターを授与されているからそうなるわね。公的には」

「別にお貴族様でございと振る舞うつもりはないから気にしなくていいよ。俺はただの傭兵だ」

棚ぼたで手に入れた地位を振りかざすのって小物ムーブっぽいしな。敢《あ》えて隠すようなものでもないし、使える時は使うけど、必要でない時にまで使うのはどうも気が咎《とが》める。

「そういえばこの後のスケジュールってどうなっているのだろうか？」

「はい。まずはこのシータ総合港湾施設の近くにある宿泊施設に皆様をご案内させていただきます。その後は皆様のご要望に沿って近隣の施設などを案内させていただき、夜には宿泊施設で皆様を歓迎する宴《うたげ》が開かれる予定ですね」

「なるほど。近隣の施設ってのがどんなものなのか楽しみだな」

ショッピングを楽しめる施設なのか、それとも博物館とか美術館的な施設なのか。動物園とか遊園地みたいな施設とかでもいいな。ああ、何かしらの体験系施設とかもいいな。エルフは独自の文化が色々ありそうだし。できれば薬湯関連についても情報を得たいところだな。

「うたげ……」

「宴、ええね」

「えへへ、楽しみだなぁ」

ミミとティーナとウィスカがもう既に夜の宴会という言葉に心を奪われている。君達、ちょっと欲望に忠実過ぎないか？　いや、コーラを探すためだけに恒星間航行をしてまでエルフの星に来ている俺が言うのも変な話だけどさ。

「うーん……」

　エルマが難しい顔をしている。どうした？　と目で聞いてみると、エルマは難しい顔をしたまま口を開いた。

「一応シータまで来たなら本家に顔を出しておいたほうが良いかなと思って。曽祖父の代に本家から分かれて星からは出たけど、一応親戚《しんせき》だからね。小さい頃《ころ》に顔見せに来たこともあるし」

「なるほど、それは暇を見つけて行くべきじゃないか？　下手《へた》すると実家に迷惑をかけかねないだろ？」

「うーん……まぁ、そこまで気にする必要はないとも思うんだけどね。私は家から出る予定なわけだし」

「行こうぜ。クリシュナで飛んでいけばすぐだろ。俺もエルマのルーツってのを見てみたいし」

「そう？　それじゃあ時間が出来たら行きましょうか」

　難しい顔をしていたエルマが笑顔を見せてくれる。うんうん、折角のリゾートみたいなもんなんだし、難しい顔をしているよりは笑っていた方が良いってもんだ。流石にこの下にも置かない歓迎っぷりでいきなりピンチになることもなかろうしな。まずは目一杯楽しむとしよう。ついでに色々と用事を片付ければいいさ。

☆★☆

　いつぞやのお義兄《にい》さんのようにいきなり「決闘だ！」などという展開が起こることもなく、俺達は至って順調かつ平和にエルフの里——大規模な総合港湾施設の側に作られた観光施設のようなもの――の観光を満喫できていた。

最初に寄った宿泊施設は日本に居た頃にテレビで見た老舗《しにせ》旅館のような雰囲気を持つ施設で、平屋の大きな宿であった。多分こういうのにも「～式」みたいな表現があるんだろうが、俺は知らない。あまり旅行好きってわけでもなかったからな、俺は。興味のないことまで調べるほど暇でも酔狂でもなかった。何よりゲームに傾倒してたし。

「素敵なところですね」

「そうね、落ち着くわね」

「風情があるなぁ」

「ワビサビーってやつだね、お姉ちゃん」

「サービスの質も悪くないですね」

女性陣は旅館風の宿泊施設を大層気に入ったようである。どうやら天然の温泉も湧《わ》いているようで、大きなお風呂《ふろ》や露天風呂《ろてんぶろ》があるらしい。俺達の部屋にもそこそこの大きさの露天風呂が設置されている。大きな方は男女別だが、部屋についている露天風呂は勿論《もちろん》好きに入って良いようだ。これは夜が楽しみだな。

手荷物を置いて身軽になったら近隣施設を回ることになる。

「どんな施設があるんだ？」

「そうですね。エルフの文化やシータの産物を紹介する博物館、様々な工芸品を展示している美術館、様々な動植物を展示している自然博物館辺りが定番かと思います」

案内役を務めているローゼ氏族のエルフの女性――リリウムさんがオススメの場所を教えてくれ

る。ふむ、どれも興味はあるな。その三つだと俺は自然博物館が気になるけど。

「私は博物館が気になります」

「私はどれでも良いわ」

「うちは美術館が気になるなぁ」

「私もどこでもいいです」

こういう時にはメイは自分からは意見を言わない。まあ、俺が判断した先に付いていくのがメイドロイドとしては正しいのだろうから、そんなものだろう。

「お土産を買うならどこが良いんだ？」

「美術館に併設されているお店でエルフの工芸品を購入することが可能ですね。博物館や自然博物館にも土産物は置いていますが、大きな店ではないです。ただ、博物館にはエルフの各氏族に伝わっている郷土料理を味わえる食堂が併設されています」

「なるほど。なら最初に博物館に行って食事を摂《と》ってから美術館に行って、その後でまだ時間があるようなら自然博物館に行くって方向でどうだろう」

俺の提案が了承される事となり、まずは博物館に行くことになった。時間的にもお昼時に丁度良いしな。

「付いてきてくれるんだ」

「はい、私とヒィシは族長達から案内役を仰せつかっているのでお供しますよ」

俺の言葉にリリウムさんはそう言って上品な笑みを浮かべた。

ヒィシというのはバスの運転手を務めてくれている男性エルフの名前である。彼はミンファ氏族

――俺が船で助けたネクトと同じ氏族だ――の出身で、寡黙な人だ。それでもしっかりと仕事はこなしてくれるので何の問題もない。まぁ、博物館に俺達が入る際にはバスで待機するようだけど。

「ヒロ様はあまり気にされていないようですが、今回の件で私達エルフは本当に感謝しているんです。あの宙賊達は襲撃の際に多くのエルフを殺した上に、森まで焼き払いました。祭祀堂《さいし》も半壊し、御神木にも大きな被害が出たのです。同胞と御神木の仇《かたき》を討ってくれた恩人に最大限の礼を尽くすのは当然ですよ」

「なるほど」

祭祀堂とか御神木とかよくわからない言葉が出てきたが、恐らくエルフの信仰上重要な施設とか、信仰対象とかそんな感じのものなんだろうな。襲撃の際に宙賊達はそれらにも攻撃を仕掛けてエルフの恨みを買ったわけだ。

などと考えているうちに博物館に到着した。展示内容は興味深くはあるが、特筆するようなものでもない。シータのエルフ達がどんな暮らしをしているのか、日常生活でどのような道具を使っているのか、そして帝国と関わることになって何がどう変わったのか、ということが資料とともに展示されている。

「聞いてた通り、帝国に降《くだ》ってもシータに残ったエルフ達の生活はあまり変わっていないんだな」

「そうみたいですね。高度な医療とか、一部の技術は導入してるみたいですけど」

医療技術やインフラ系の技術に関しては結構積極的に取り入れている部分もあるようだが、農耕と狩猟をメインに精霊を信仰しながら森と共に生きるという生活の根幹は大きく変えていないようだ。

「ふぅむ、狩猟も弓矢とか刃物で直接斬りかかるとかワイルドやなぁ」

「罠《わな》とかも使うみたいだけど、基本的になんというかこう……うん、ワイルドだね」

ウィスカ、間違っても野蛮とか脳みそマッソーとか言うんじゃないぞ。

「エルフにとって狩猟ってのは害獣の駆除ではなく、信仰対象の森との力の比べ合いとか、森から恵みを分けてもらう神聖な行為ってことなんだろう。そこにハイテク兵器や自律型のドローンとか戦闘ボットを持ち込むのは無粋って考えなんじゃないか」

「うーん、うちらにはちょっと理解し難いなぁ。そういうの使ったほうが効率的やん？」

「効率とかそういうんじゃないんだよ、きっと。例えて言うならクラシックな機体をフルチューンして最新鋭機と張り合えるようにする浪漫《ろまん》みたいなもんなんじゃないか。そういう情熱を持ってエルフ達は今の生活を選んでいると思えば良いと思うよ」

「なるほど、それなら少し理解できるかもです」

俺の説明にドワーフ姉妹は一応納得してくれたようだ。ドワーフというのは新しいものに目がない。種族的に新しいものを受け容《い》れ、より良いものを作ることが大好きらしいので、古い伝統を守って非効率的とも思える生活を選ぶエルフには理解し難いものを感じるのだろう。

「ヒロ様、あっちでエルフが使う弓矢の試し撃ちができるみたいですよ」

「へぇ、弓矢か。弓矢は射たことが無いなぁ」

前にリゾート惑星に滞在した時に泊まったロッジに飾られてはいたけど、精々ちょっと手にとってみたくらいだからな。面白そうだしやってみるか。

「やるならミミは胸当てを着けたほうが良いわね。弦が当たると痛いわよ」

「エルマさんもやりましょうよ」

「うちらもやるー」

ワイワイと皆で弓矢の体験コーナーに集まって弓矢で遊ぶ——というのは言葉が悪いが、まぁ遊びみたいなものだよな、これは。矢尻《やじり》部分は丸めた布みたいな形になっていて一応殺傷能力は皆無に近いが、それでも人に向けたりすれば危ないし、ふざけて扱うのはよろしくない。体験コーナーの担当者と経験者のリリウムに教えてもらいながら安全に弓矢の試射を行う。

「まっすぐ飛びません！」

「難しいなぁ、これ」

「ああ！　外れちゃった！」

ミミとティーナ、ウィスカはなかなか的に当てられない。ミミは胸が邪魔なんだろうか。ティーナとウィスカは弓の大きさが体格に合ってないせいだろうな。彼女達にも扱いやすいもっと小さな弓ならもう少しマシになるんじゃないだろうか。

「まぁ、私もあんまり触ったことはないからこんなもんよね」

と言いつつ、エルマはそこそこ的に当てている。やはり胸がない方が弓矢を扱うのには向くのかもしれない。

「ヒロ様はお上手ですね」

「俺のはズルみたいなもんだから」

息を止めればピタリとブレが収まり、周りの時間の経過が遅く感じる。そんな中でじっくりと狙《ねら》って矢を放っているので、俺の弓矢の命中率は非常に高かった。レーザーガンを撃つ時と同じで当たる感覚というのが何故《なぜ》かわかるのだ。この息止めの特殊能力といい、縁がないはずの射撃スキルの高さといい、どうも俺自身にも由来がよくわからん能力があるんだよなぁ。

前にアレイン星系で精密検査を受けた際には間違いなく健康体だという太鼓判を押されたわけだし、さして気にする必要もないんだろうが、気になることは気になる。確か多言語翻訳インプラントってのも入ってないのに、今の所言葉に不自由した覚えもないんだよな。

弓矢体験コーナーで弓矢を射てひとしきり満足した俺達は併設されている食堂で食事を摂ってそのまま美術館に向かうことにした。エルフの工芸品ね。どんなものがあるのか少し楽しみだな。

☆★☆

「なんつうか、博物館もそうだったけどここも美術館というよりは郷土資料館みたいだな……」

「郷土資料館？」

「なんというかこう、鄙《ひな》びた感じがね」

俺の言葉に今ひとつ共感できないのか、ミミが首を傾《かし》げる。

基本的に今までに見たエルフ様式の建物というのはどことなく和風な感じのする平屋建てか、せいぜい二階建ての建物である。屋根は黒光りする瓦葺《かわらぶ》きで、家屋そのものは基本的に木造だ。立派な造りではあるのだが、どうにもこう、日本の田舎《いなか》にある郷土資料館っぽさを感じずにはいられない俺なのであった。

「ほら兄さん、ボサボサしとらんと行くで」

「ＯＫＯＫ、わかったから引っ張るなパワーが強い！」

ティーナが俺の手を取ってずんずんと美術館に引っ張っていく。この小さな身体《からだ》のどこにこんなパワーがあるんだと言いたくなるくらい力が強いんだよな、ティーナは。いや、ティーナだけでなくウィスカもそうなんだけど。うちのクルーで一番力が強いのは言うまでもなくメイなのだが、その次に力が強いのはティーナとウィスカだ。ちなみにこの二人は見た目に反して体重が……おっと、前後から殺気を感じる。オレハナニモカンガエテナイヨー。

「はえー……こら綺麗《きれい》やねぇ」

「ほう、漆器かな？」

美術館に入ってすぐに展示されていたのは黒光りする器に金色の装飾が施された器であった。重箱のような形をしている作品で、黒く輝く箱に金色の植物柄が非常によく映えている。

「しっき？」

「木製の器に天然樹脂を幾重にも塗りつけては乾燥、塗りつけては乾燥って感じで作った器を俺の故郷ではそう呼んでた。これが同じものかどうかはわからんけど、そう見えるな」

展示物の説明書きを読むと、やはりこれは漆器のようなものであるらしい。リーフィルⅣに自生している木の樹液を木の器に幾度も塗り重ね、蒔絵《まきえ》を施して作られたもののようだ。

「兄さんの言う通りやったね」

「この器、綺麗ですね……この深みのある黒は他じゃあまり見ない気がします」

「ふむ、そう言われると味がある気がするな」

とは言え、こうして見る分には綺麗だけど実用性があるかというと微妙に思える。化粧品入れや小物入れとして使うのも良いかもしれないが、俺みたいなガサツな男には使い途《みち》がないな。精々プレゼント用ってところか。漆塗りの櫛《くし》くらいなら俺でも使い途はあるかもしれないが……俺は普通に合成樹脂製のブラシで十分だな。俺には似合わないけど、綺麗な黒髪のメイには漆塗りの櫛は似合うかもしれない。後で土産物屋でも覗《のぞ》いてみるかな。

そうして美術館の奥へと進んでいくと、漆器の他にも実に様々な産品が展示されている。見事な絹——大型犬くらいの大きさの蛾《が》の繭から取った糸らしい——の織物や、その織物を使ったきらびやかな衣装の数々。その中にはリリウムが着ているのと同じチャイナドレスのような衣装もあった。説明書きを見る限り、ローゼ氏族に伝わる女性用のドレスという扱いであるらしい。

「お、兄さん兄さん、精霊銀の狩猟刀やって」

「ほう……剣鉈《けんなた》って感じだな」

かなり大ぶりの片刃のナイフみたいな感じだ。刀身は精霊銀という名前の通り、眩《まばゆ》い銀色に輝いている。銀ってのは基本的に刃物に向く金属じゃない筈《はず》だが、精霊銀はこのように実用的な刃物として使われている。ということは、俺の知っている普通の銀よりも強度や靭性《じんせい》が高いのだろうか。銀という名前が付いてるけど、物性はかなり異なる物質なんだろうな。

「こんなに短い刃物で凶暴な動物を仕留めるのって、かなり危険ですよね？」

「うーん、話を聞く限りでは狩猟対象の動物はかなり危険そうな感じだったたし、実際には弓矢で仕留めるんじゃないか？　この剣みたいに複合強化装甲でもすっぱり斬れるようなら話は別だろうけど」

「ほんならこれは不意に接近された時用のサブウェポンっちゅうことか」

「あるいは止《とど》めを刺したり、獲物の解体に使ったりしてるのかもな」

「あ、お姉ちゃん。こっちに刃引きされた精霊銀の狩猟刀が置いてあるよ」

少し先に進んでいたウィスカがそう言って俺達を呼ぶ。ウィスカの下へと向かいながら後ろに視線をチラリと向けてみると、ミミとエルマ、それにメイはエルフの様々な民族衣装を展示しているスペースで何か喋《しゃべ》りながら話し合っているようだった。エルマに何か聞いているみたいだ。

「おー、兄さん兄さん、これ見た目に反してめっちゃ軽い」

「ほう？　どれどれ」

盗難防止用なのか、柄《つか》の部分に展示台と繋《つな》がった頑丈そうなワイヤーが括《くく》り付けられている精霊銀の狩猟刀を手に持つ。結構刀身は分厚い。長さは30㎝くらいだろうか？　ナイフとして見ればかなり大型だろう。反りの無い片刃の刀で、切っ先は見るからに鋭い。これは刃引きしてあっても余裕で人体に突き刺さるだろうな。なんとなくだが、刀身の作りが日本刀というか、短刀っぽい感じがする。

「確かに軽いな……軽すぎて玩具《おもちゃ》っぽい感じすらするぞ」

「鉄に比べるとかなり軽いですよね。アルミニウムと同じくらいだと思います」

「これで刃物として十分な強度があるならなかなかに使い勝手が良さそうだけどな」

「ところがこういうP・A・M系の金属って熱に弱いんよ」

「レーザーとかに晒《さら》されるとすぐに強度が落ちるから、航宙艦の素材としても今ひとつなんですよね。モノソードの素材としても今一つって感じらしいです。レーザーを弾《はじ》いたらすぐにだめになるので」

「なるほどなぁ」

二人の説明を聞きながら刃引きされた精霊銀の狩猟刀をためつすがめつしていると、妙なことに気がついた。なんだかこの狩猟刀、震えてないか？

「なぁ、この狩猟刀って超振動機構的なものでも組み込まれてんのかね？　なんか震えてるように思うんだけど」

「どうやろな？　刃物としての切れ味を上げるために機構が組み込まれててもおかしくはないと思うけど、手で振動を感じるようじゃダメやない？」

「振動が感じ取れるようなのは基本的に不良品ですね。危ないから置いたほうが良いと思いますよ」

「なるほど」

しかし展示用の刃引きされた狩猟刀にそんな機構が組み込まれているものだろうか？　まぁ怖いから展示台に戻しておくか――と、展示台に刃引きされた狩猟刀を置こうとした瞬間、ピシリと嫌な音が響いた。

「「「あっ……」」」

刃引きされた狩猟刀を展示台に置いた瞬間、狩猟刀の刀身が砕け散った。折れたとかではなく、粉々に砕け散ったのだ。まるで負荷に耐えきれずに崩壊したかのような様相である。

「……これは俺が悪いんだろうか？」

「いや、どうやろ……最後に触ってたのが兄さんなのは間違いないけど」

「別に変なことはしてないですよね……？」

俺に責任は無いように思えるが、だからと言って黙っているというわけにもいくまい。仕方がないのでリリウムを呼んで事情を説明することにした。

「えぇ……？　これは？」

刀身が粉々になっている刃引きされた狩猟刀を見てリリウムが困惑の表情を浮かべる。そうだよね、困惑するよね。普通に真っ二つに折れてるとかならまだしも、こんなに粉々に砕け散っているとかどう見ても普通の状態じゃないよね。

「言うのがとても憚《はばか》られる言葉なんだけど、本当に何もしてないのに壊れたんだ」

「うちらも兄さんも刀身には指も触れてないんよ、本当に」

「柄を持って色んな方向から刀身を眺めていただけなんです、本当に」

「まぁ最後に手に持ってたのは兄さんなんやけど」

「突然の裏切り」

「事実は事実やし。こういうのは包み隠さず言うのがええやろ」

「そうだけどさぁ」

などと話しているうちに美術館の人も現れて粉々に砕け散った狩猟刀を目の当たりにして困惑している。何故こんな壊れ方をするのか全く理解できないようだ。

「その腰のレーザーガンで刀身を炙《あぶ》ったりは……？」

「してないしてない。本当にしてないです。そんなことをする理由がない」

「ですよね……」

「精霊銀が熱に弱いなら、レーザーガンの最低出力で何回か撃てばそんな感じで壊せるのかな？」

「できるかもしれんけど、そんなことはやってないしなぁ。兄さんやないけど、やる理由も無いで」

「だよね」

俺が壊したわけじゃないと思うが、明らかに不審な壊れ方をしている上に最後に触っていたのは俺だったということで、弁償の申し出はしておくことにした。まぁ、固辞されたのだけど。

「原因不明の破損ですし、どう見てもお客様が故意に壊したようにも見えませんので」

一応盗難防止用の監視カメラの映像も確認したところ、やはり俺達の行動に不審な点は無いということで無罪放免ということになった。砕け散った狩猟刀は研究施設に送って何が原因でこうなったのか調査するということだ。

「あんたも本当に変なトラブルに好かれるわよねぇ……」

「あはは……」

「俺は悪くねぇ……」

後始末が終わったあとでエルマに呆《あき》れられ、ミミに苦笑いされた。俺がトラブル体質だというのはもう認めるけど、流石《さすが》にこれは予想できないだろう。頑丈そうな狩猟刀が持っただけで砕け散るとか予測しろって方が無茶だ。

「ええと、そろそろ良い時間ですし、旅館に戻りましょうか？　戻って一休みしたら祝宴に丁度よい時間だと思います」

「そうね、そうしましょう？」

リリウムの提案にエルマが賛成し、他の面々も同様に賛意を示す。なんだか狩猟刀粉砕事件でどっと疲れた感じがするから、休憩は大賛成だ。祝宴でこれ以上のトラブルが起きないように祈ることにしよう。

☆★☆

俺が手に持っただけで精霊銀の狩猟刀が砕け散るというハプニングはあったものの、美術館鑑賞は非常に満足できる内容であった。というか、広くて全《すべ》てを見て回れなかったので、後日またゆっくり訪れたいと思う。

で、旅館に向かう前に土産物屋に来たわけだが。

「センスで」

「期待してますね！」

「なんか悪いなぁ」

「い、良いんですか？　結構高いのばかりですけど」

エルマがニヤニヤとした笑みを浮かべ、ミミが輝くような笑顔を俺に向け、ティーナは悪いなぁと言いつつも嬉《うれ》しさを隠せずニヨニヨとし、ウィスカはおろおろとしながらも期待した目をこちらに向けてきている。

「……」

メイは俺が買い与えた漆塗りの櫛を眺めながら停止している。あれは嬉しがっているのだろうか？　手に持った櫛をじーっと見つめたまま動かないんだが。

ちなみにメイに買ったのは蓮《はす》が描かれた漆塗りの黒い櫛である。メイはブラックロータスをよく管理してくれているし、これが良いかなと思ったのだ。

「センスには自信が無いんだが？」

「メイに買った櫛とか十分にセンス良いと思うわよ？　その調子その調子」

「気楽に言ってくれるなあ」

結局エルマとミミには前にドレスを用意した時に買った宝飾品を入れておくための漆塗りの小物入れ、ティーナとウィスカにはそれぞれ赤い石の玉 簪《たまかんざし》と飾り紐《ひも》のセットと青い石の玉簪と飾り紐のセットを買ってやった。

「私のは水仙ね」

「私のはなんでしょう？」

「それは向日葵《ひまわり》だな」

「髪の色に合わせてくれたんやね」

「綺麗……」

あまり花に詳しくないミミに花の名前を教えてやりながら皆の様子を窺《うかが》うに、どうやら皆一定以上の満足はしてくれたように思う。メイは未《いま》だにフリーズしてるけど。大丈夫か？

「ミミのは何となくわかるけど、私のこれはどういう意図かしら？」

エルマが白い水仙が描かれた漆塗りの小箱を俺に見せながら問いかけてくる。

「俺は花言葉とかそういうのは知らんぞ。ただ、見た中でエルマのイメージに合致するのがそれだっただけだ。綺麗だろ？」

「ふーん？　ヒロにとっての私のイメージがこれってことね。なるほど」

なんだか思わせぶりな感じだが、機嫌は良さそうなのでヨシ！　ちなみにミミへのプレゼントが向日葵の絵なのは、ミミの明るさというかそんな雰囲気が向日葵のイメージと合致したからだ。それ以上の意味はあまり無い。

整備士姉妹は早速玉簪を使ってリリウムに髪を結い上げてもらったようだ。

「おー、こんな棒一本で簡単に髪を結い上げられるんやね」

「覚えなきゃだね、お姉ちゃん」

「結い上げ方を解説した動画とかありますよ。良かったら後でファイルを用意しておきますね」

あっちはあっちでご機嫌のようだ。うむ、俺のセンスも捨てたものではなかったかな？　とりあえず喜んでもらえたようで何より。

☆★☆

ミミとエルマへのプレゼントはブラックロータスに発送してもらい、旅館へと向かう。メイに買った櫛《くし》はケースもセットだったので、メイは俺が贈った櫛をケースに入れて大事に自分のメイド服のどこかに仕舞ったようだ。どこかに隠しポケットでもあるのかね。

ところでメイド服、隠しポケットと考えるとどうしても胸に目が行ってしまうのは男の本能だと思うんだけどどうだろう？

「どうぞ」

俺の視線に気づいたメイが両手で自分の形の良い胸を持ち上げる。ミミほどではないが、メイのおっぱいもなかなかのボリュームだ。というか、一般的に見れば巨乳の類であろう。ミミが規格外なのだ。

「どうぞじゃない。そうじゃない」

「そうですか？」

流石に脈絡もなくメイの胸を揉《も》みしだくのは絵面的によろしくないのでやらない。後でね。もっと相応《ふさわ》しい場でね。うん。

まぁそういうのもいいけど折角だからメイの髪の毛を買った櫛で梳《と》かしてみたいな。メイの髪の毛は長くて綺麗《きれい》だし、きっと楽しいと思うんだ。

さて、そんな会話をしている俺は何をしているのかと言うと、宴会が始まるまでに少し時間が出来たので風呂《ふろ》に入って丁度上がったところである。ミミ達はお風呂上がりの身支度に少し時間がかかっているので、割り当てられた部屋でくつろいでいるのは俺とメイだけだ。

ちなみに、メイは風呂には入っていない。彼女はメイドロイドだから、基本的に風呂に入る必要が無いんだよな。無論、致した後とかは一緒にお風呂に入ることもあるけど、そうでもない限りは定期的に行っているメンテナンスポッドによるメンテナンス時に全身の洗浄をしていて、それで事足りる。服は埃《ほこり》っぽくなったりするから結構マメに着替えてたりするし、俺がメイの綺麗な髪を気に入っているから、髪の毛のケアは欠かしていないようだけど。

「そう言えば、各氏族の調査とかそういうのってしてるのか？」

「はい。お話ししましょうか？」

「うーん、軽くな。危険はないんだろう？」

「少なくともこの場では。簡単に話しますと、エルフの氏族達が取っている立場は三つです」

一つはローゼ氏族を長とする派閥で、積極的に外――つまりグラッカン帝国に、宇宙に進出してエルフの生息域を広げ、種族としてのエルフの認知度や地位を高めようという派閥だ。エルマの実家であるウィルローズ家、そしてウィルローズ氏族はこの派閥に属している。

もう一つはグラード氏族を長とする派閥で、エルフは母星であるシータで精霊と御神木と共に生きていくべきだ、という所謂《いわゆる》保守派だ。彼らは精霊や森との繋《つな》がりを重んじ、グラッカン帝国がこのシータ――というかリーフィル星系を支配する前の生活と文化、伝統を守り、エルフ本来の生を全うするのがエルフにとっての幸福な道なのだと主張しているそうだ。

そして最後の一つがミンファ氏族を長とする中道派だ。エルフの古来の伝統や文化は尊重すべきだが、それはそれとしてグラッカン帝国から齎《もたら》される様々な恩恵は享受するべきだし、外から色々なものを取り込んでエルフの暮らしをより良いものにするべきだと考えている。

この三者の立場の違いは暮らす場所などにも表れており、ローゼ氏族の人々は頻繁にシータと宇宙を行き来し、シータ上の住居なども最新の建築技術や素材を利用した近代的な家屋に住んでいるという。また、魔法についても嗜《たしな》み程度には用いるが、あまり重要視はしていないそうだ。確かにエルマもそんな感じだな。

イメージ的にはファンタジー世界で言うところの所謂シティエルフといった具合だろうか?

対照的にグラード氏族を長とする派閥は森の中に昔ながらの樹上家屋などを作って暮らしているらしい。テクノロジーの類も殆《ほとん》ど使わず、積極的に魔法を使って暮らしているのだという。

こっちはアレだな、正統派エルフって感じだな。

ミンファ氏族を長とする中道派の人々はどうなのかというと、昔ながらの樹上家屋に最新の家電を入れていたり、狩猟や農業に最新のハイテクガジェットを使っていたりと双方の良いとこ取りでなかなかに快適な生活を送っているそうだ。魔法に対するスタンスも中道で、重視している人もいればそうでない人もいるとか。

「なるほどな。で、グラード氏族とローゼ氏族は折り合いが悪いと」

「そうなります。スタンスが対照的なので」

まぁそうなるわな。うん？　でもそうなると……？

「確か今回の発端の事件って、グラード氏族とミンファ氏族の婚姻を宙賊が襲撃したって感じだったよな」

「はい、そうですね」

「その状況って、グラード氏族とミンファ氏族が強力に結びつくことを忌避したローゼ氏族が宙賊をけしかけて婚姻の儀式を滅茶苦茶《めちゃくちゃ》にしたって構図が浮かぶんだが」

「はい。グラード氏族とミンファ氏族はその線を強く疑っていますね。星系軍の軍人の多くはローゼ氏族出身です。宙賊への情報リーク。襲撃の見逃し。その双方においてローゼ氏族は両氏族から強い疑いの目を向けられている状況のようです」

「Ｏｈ……俺達には関係ないっちゃ関係ない話だが」

俺達はグラード氏族とミンファ氏族の族長筋のエルフを助け、結果としてローゼ氏族の尻拭《しりぬぐ》いをした形になるわけだから、どの氏族からも感謝こそされど恨みを買うようなことは無いはずだからな。俺達はすぐにこの星系を去る余所者《よそ》でもあるし、面倒事に巻き込まれる要素はまずあるまい。あるとしたらエルマの実家というか本家の繋がりでローゼ氏族から何かあるくらいか？

「まぁ、なるようにしかならんか。流れに身を任せよう」

「それが良いかと。いざとなればこの星系から出ていってしまえば良い話なので」

「だな」

俺達は自由な傭兵《ようへい》だからな。いざとなったら全《すべ》てうっちゃって逃げればいいんだ。うん。

#4：エルフ達の歓待

「どうですか？」

「どや？」

「可愛《かわい》い可愛い」

エルフの民族衣装を身に纏《まと》ったミミ達を前に素直な気持ちでパチパチと手を叩《たた》く。

ティーナとウィスカに用意された衣装はティニアが着ていたのと似た感じの衣装だ。独特の文様が織り込まれているシンプルな衣装で、俺の知るイメージとしてはアイヌ衣装のようにも思える。トライバルデザインと評しても良いかもしれない。

「……何よ？」

「いや、バッチリ決まってるなと」

エルマが着ているのはチャイナドレスのような衣装である。リリウムが着ていたのと同じタイプの衣装だな。スラッとしているエルマにこれ以上無く似合っている。深いスリットから覗《のぞ》く太ももが眩《まぶ》しい。

「いや、本当に似合ってる。うん。素晴らしいな」

「ありがとう。ちなみにこの色は既婚者用だから」

「マジで？　既婚者用なのにそんなにスリット深いの？」

「エルフの男って淡白なのが多いらしいわよ。知らないけど」

「なるほど？」

だから少しでも劣情を煽《あお》りやすいようにスリットが深いと？　まことに？　やっぱこの世界のエルフってなんかおかしくない？

「しっかしミミのはおっきいよなぁ」

「あんっ、ちょ、ティーナさん！」

たわわなお胸を真正面からティーナに触られて悩ましげな声を上げているミミの衣装はというと、どことなくミニ浴衣《ゆかた》っぽいような、あるいは若干大正浪漫《ろまん》を感じるような……和装のような雰囲気を漂わせつつ、ちょっと違う感じがする不思議な衣装だな。ミミは何を着せても可愛い。うん。

「そう言うあんた達二人も背の割にはあるわよね」

「私達も一応大人ですから」

普段は作業用のジャンプスーツを着ているから目立たないが、実は整備士姉妹もそこそこ胸はある。たまにティーナなんかは風呂上がりに薄着で休憩スペースを闊歩《かっぽ》していたりするんだけど、意外におっぱいがちゃんとおっぱいで二度見した覚えがあるぞ。

そんな感じで女性陣がじゃれ合っているのを楽しく眺めていると、旅館の従業員エルフさんが俺達のことを呼びに来た。どうやら準備が整い、俺達を歓迎してくれるというエルフの各氏族の人々も集まったらしい。俺達は最後に会場に登場するという段取りであるようだ。

え？　俺の服？　俺の服はいつもの傭兵服だよ。俺の衣装なんてどうでも良いし、一人くらいは傭兵らしい格好をしているべきだろう？　それにこの服なら何かあっても即応できるしな。

ちなみにメイの衣装もそのままだ。メイはメイドロイドなので、メイド服以外の服は基本的に着たがらない。あのメイド服の中にはえげつない暗器が山程隠されているしな。戦艦の装甲材に使われているような金属で出来た礫《つぶて》とかダーツとか。

「傭兵のキャプテン・ヒロ殿、ご入場です」

宴会場に着くと、司会の人にそんな紹介をされて入場することになった。なんだか物凄《ものすご》く注目されていて落ち着かんな。全体的に好意的というか一部驚愕《きょうがく》に目を見開いている人が……？　なんだあれは。何人かが俺の方を目をまん丸にしてガン見してるんだが。

とりあえず俺をガン見している人はあちこちに散らばっているので、こちらからアクションを起こしようもない。案内役のエルフさんに従って一番良い席——所謂お誕生日席のようなポジションに全員で揃《そろ》って座る。メイだけはいつも通り俺の後ろで控えてるけど。

そうしているうちに俺達の紹介が始まる。

まずは俺。今回星系軍が惜しくも取り逃した宙賊の大型船を捕捉《ほそく》し、そのまま撃破せずに単身大型船の中へと切り込んでグラード氏族の族長の娘であるティニアやミンファ氏族の族長の息子であるネクトを救出。宙賊どもを剣でもって膾《なます》切りにして襲撃の際に犠牲になったエルフと、焼かれた御神木の仇《かたき》を討ったのだと大絶賛だ。

その他にクルー達についても紹介される。

「キャプテン・ヒロ殿の右腕を務める彼女はローゼ氏族の眷族《けんぞく》、ウィルローズ氏族の血族でもあります」

エルマに関してはしっかりとローゼ氏族の血族であるという事実も紹介された。エルマ曰《いわ》く、実家から出て傭兵として独り立ちしている自分がローゼ氏族の関係者と紹介されるのはギリギリアウトな気もするが、自分からわざわざ訂正することも無いかという考えのようだ。実際、血が繋がっていることは間違いないわけだし。

「母なる森と空からの客人に感謝を」

「「「母なる森と空からの客人に感謝を！」」」

一通り紹介が終わると、エルフのお偉いさん——確かグラード氏族の族長だった筈《はず》だ——によって聞き慣れない乾杯の音頭が取られ、宴会が開始された。並んでいる料理は……うん、あまり奇をてらったものは無いな。虫料理が無いだけで俺的には及第点である。

「美味《おい》しいですね！」

「ふむ、エルフ料理も大したもんやな」

「そうだね、でももう少しスパイスが効いてたほうが好みかな」

「俺は十分美味しいと思うけどな」

ウィスカの言う通りスパイスは少なめだが、出汁《だし》の味がしっかりしているな。どことなく和食に似ているか？　そうでもないか。あと、結構煮込み系の料理が多いように感じるな。

「主食はこれか。ふむ？」

柏《かしわ》の葉のようなもので包まれた餅《もち》のような何かが主食であるらしい。見た目は柏餅みたいだが、これは葉っぱの部分も食べるのか？　辺りを見回してみると、葉っぱの部分は食べないようだ。

「ほう、これはなかなか」

柏餅の正体は味のついた挽《ひ》き肉《にく》が入っている肉ちまきめいたものであった。もちもちの生地の中に甘辛く味付けされた挽き肉が入っている。これは美味しい。

他にはなにかの根菜や芋っぽいものの煮付け、肉やモツっぽいものがたっぷり入った汁物、肉の串焼《くしや》き、肉のローストに果実系のソースが掛けられたもの、野菜や肉の串揚《くしあ》げ、なんかやたら美味《うま》いサラダのようなものなどメニューも豊富だ。

「上品な酒やなぁ」

「美味しいね」

いつの間にか整備士姉妹は土瓶に入ったワインのようなものを満喫しているようだ。葡萄《ぶどう》のような匂《にお》いがするし、多分ワインだろう。見た目が少女なのに、ティーナが酒を飲む姿はまるでおっさんのようである。ウィスカはその点酒を飲むときも淑女然としているな。双子なのに一体どこでこのような差がついたのか……育った環境の違いか。

どうも家庭の事情でティーナとウィスカは別の環境で育ったらしいんだよな。ティーナは一時期治安の悪いコロニーでギャングとつるんでたような時期もあったらしい。それもウィスカと再会して一念発起してスッパリ足を洗ったらしいけど。

で、その後はウィスカと一緒にスペース・ドウェルグ社に入って働いて、そのうちにブラド星系で俺達と関わって今に至ると。あんまり突っ込んで聞いてはいないんだよな。今度暇がある時にでも聞いてみるか。

エルマはなんだか静かに目立たないようにしているようだ。今のシータにおける各氏族間の関係や状況については先程待機している時に軽く共有してある。恐らくエルマは自分の存在によって俺達全員がシータでの勢力争いに巻き込まれないように気を遣っているんだろう。今の状況を考えると今更どう足掻《あが》いてもって感じがしないでもないが、その心遣いには感謝の念しか無いな。

で、そうして食事をある程度終わらせたところで席を立ったエルフの一団が近づいてきた。エルフは誰《だれ》も彼も若く見える上にイケメンと美人揃《ぞろ》いだから本当に違和感が凄《すご》いな。族長とかは髭《ひげ》を生やした偉丈夫とかだとわかりやすいんだけど、普通に線が細く見える超絶イケメンなんだよな。

「改めて我が娘を救ってくれたことに礼を言わせて欲しい。私はグラード氏族の長、ゼッシュだ」

グラード氏族長ゼッシュはティニアと同じ茶色い髪の毛のイケメンだ。頬《ほお》に面傷があり、目付きが非常に鋭い。体格はエルフとしてはかなりがっしりしているように見える。細マッチョだな。衣装はティーナとウィスカが着ているトライバルデザインの服と同じような感じだ。

「私はミンファ氏族の長、ミリアム。私もネクトの命を救ってくれた貴方《あなた》に感謝の意を表明させてもらう。本当にありがとう。あなたの処置がなかったらあの子は命を落としていたかもしれない」

ミンファ氏族の長は少しぶっきらぼうな口調だが、輝くような金髪の糸目の美人さんだ。こっちはミミが着ている衣装に近いが、意匠はグラード氏族のものに近い……民族衣装みたいな紋様が描かれた巫女《みこ》服みたいな格好だ。ミミよりも身につけている装飾品の数が多くて非常にゴージャスに見える。

どうやらローゼ氏族の長は同行していないらしい。まぁ、かなり関係が悪くなっているという話だしな。一緒に行動して俺の目の前で喧嘩《けんか》でも始められたら困る。その辺はあっちで調整してくれたのだろう。

「偶然にせよ、このシータに住む人々の役に立てたのは幸いです。今日はこのような場を設けていただき感謝しています」

「うむ……ところで、少し聞きたいことがあるのだが」

「はい？」

何事かはわからないが深刻な様子で言《い》い淀《よど》むゼッシュ氏に俺は首を傾《かし》げる。何やら大分深刻そうな様子だが、一体何事だろうか？

「貴殿は何者だ？　その身から溢《あふ》れ出る力はまるで上位の精霊……いや、それ以上だ。見た目は人間であるようだが」

「はい？」

俺は再度首を傾げて同じ言葉を繰り返した。溢れ出る力？　上位の精霊かそれ以上？　一体お前は何を言っているんだ。

「我々のように精霊に親しんだ者から見ると、貴殿からはとてつもない力が感じられるのだ。まるで空に輝くリーフィルが地上に降りてきたような心地《ここち》だ」

わけがわからず俺はエルマに視線を向けた。すると、エルマは目を瞑《つぶ》って首を横に振る。

「私にはそんなものを視《み》るだけの力は無いから知らないわよ。魔法については本当に初歩的な部分しか修めていないしね」

「そちらの娘はローゼ氏族の眷族の血筋だったか。ならば仕方あるまいな。ローゼ氏族の者どもは精霊との交信に熱心ではない。精霊視に至っている者などいないだろうし、その娘が貴殿の力に気づかぬのも無理はない」

「でも、ここで言われるまでそんなこと指摘されたこともないんだが。俺、一応最新の設備を持っている医療施設で検査とかしてるぞ」

「グラッカン帝国は基本的に物質主義的な側面が強いから。精霊との交信や魔法――外ではサイオニック・テクノロジーと呼ばれている分野には弱い部分がある」

ミンファ氏族長のミリアムさんがそう言いながら細い目を更に細くして眩しそうに俺を見ている。なるほど？　確かに機械知性の開発とかサイバネティクス、それと生命工学分野にはかなり強い印象があるけど、魔法に関しては帝都でも殆《ほとん》ど触れる機会が無かったな。貴族の剣士もジェ◯イっぽさはあるけど基本的にサイバネティクスと生命工学による身体強化でその域に到達してる感じだったし。

「つまり、どういうことなんだろうか？」

「それは我らにも判別がつかん。貴殿はそもそもどういった出自なのだ？　そこから推察していくしかないと思うが」

「俺の出自。あー、出自ねぇ」

ここで異世界から来ましたとか言ったら絶対に面倒なことになるやつだよな。絶対に言うつもりはないぞ。絶対にだ。

「実は記憶喪失気味で。気がついたら愛機と一緒に宇宙空間で漂流してたんだ。多分ハイパードライブの事故か何かだと思うんだけど、漂流中に気がつく前の記憶は曖昧《あいまい》で――あっと、こんな言葉遣いで失礼」

「気にしないで欲しい。貴方は私達の恩人だし、そもそも外の人。お互いに最低限の礼儀を守れば問題ない。しかし、なるほど……ハイパードライブ事故」

「さっぱりわからんな。しかし恒星間航行の際にはこの世とは違う別の世界を経由するのだろう？

その際に精霊界に接したか？」

「それだけでこんなことになるならこの宇宙はこんなことになっている人だらけ。それはない。でも、それが関係している可能性はなくもない。鍵《かぎ》は記憶喪失。ハイパードライブの事故で本当に精霊界に行って、何か向こうで成したのかもしれない。そして再び物質界に現界する際に精霊界からこちらに戻ってくる以前の記憶を置いてくることになったのかも」

「となると、一度精霊界に行った時点で物質の肉体は消滅して精霊と同じ存在になり、またこちらに現界する際に精霊としての性質を持ったまま肉体が再構成されたか？」

「そうかもしれない。全然違うかもしれない。どちらにせよ異常なことには変わりがない」

わぁ、なんだかこのふたりめちゃくちゃにふぁんたじーでわけがわからないぎろんをしている。とりあえず特大級に厄介な事が起こりつつあるということが理解できてきたぞ。この宴会が終わったら速攻でしっぽを巻いて逃げようかな。うん、そうしよう。絶対にヤバい予感しかしない。

「お腹《なか》もいっぱいになったし、エルフの皆様の歓迎も十分に楽しませてもらったから俺達はこの辺りでお暇《いとま》させてもらおうかと」

「それはいかん。貴殿には返すべき恩がまだたんとある」

「とんでもない。その力、無駄に垂れ流すのはあまりに惜しい。少し修練するだけでもきっと役に立つようになる」

ゼッシュ氏とミリアムさんが声を揃えてそう言い張る。うん、そう言うと思った。だからとっととお暇しようと思ったんだよ！

というか、俺の設定が盛られすぎだろう。帝都での御前試合以来、ただでさえ俺の生身での戦闘能力が人外じみてきているというのに、更に本物のジ◯ダイみたいな力まで操れるようになったらどうするんだよ。

俺はクリシュナを駆ってドンパチできれば良いんだよ。生身の俺が強くなるのはちょっと方向性が違うから！　どうせならクリシュナに使える新装備とか、性能アップとかそういう方面で強化してくれ。

「すごいですねヒロ様！　本物のスーパーヒーローみたいになれるんじゃないですか？」

「そういうコミックヒーロー的な存在になるのはなぁ。いや、意外とアリか……？」

考えてみれば心で撃つ例の銃を左手に装備しているアイツとか割とそのノリでは？　あとあれだ、紙装甲の二足歩行ロボに乗る異能生存体とか。割とそういうノリだよな。そもそもジェ◯イの騎士とかモロにそっち寄りだよな。

「ご主人様のポテンシャルの高さを考えれば挑戦してみるのも良いのではないでしょうか」

ここで珍しくメイからの後押しが来た。普段あまり自己主張をしないメイとしては非常に珍しい。

「そもそも、剣を使い始めてほんの数ヶ月で白刃主義者とまともに斬り合えるあんたはどう考えてもおかしいのよね。特に強化もしてないのに」

「せやな。もう行くところまでいってしまえばええんちゃう？」

赤ら顔でそう言うティーナの横でウィスカもうんうんと頷《うなず》いている。そしてなぜか目がキラキラしている。そういえば君、結構そういう系のコミックとか好きだったよね。たまにミミとそんな感じの話をしているのを見ることがある。

「あー、まぁその、時間があれば？」

「是非そうすると良い。連絡してくれれば最高の環境を整える」

俺の返事にミンファ氏族長のミリアムさんが重々しく頷いた。

事前に聞いた話だとミンファ氏族よりもグラード氏族の方が魔法関連には力を入れてるって話だったけど、ミンファ氏族の長であるミリアムさんの方が熱心なのは何なんだろうな？　いや、氏族長がこうだからグラード氏族との婚姻なんて話が出たのかね。

まぁ何にせよ今度ね、今度。どっちにしろ俺達は明日から観光とかコーラ探しに忙しいから！

☆★☆

歓迎の宴《うたげ》が終わった後、俺達は部屋の床に敷いた布団の上で車座になって顔と顔を突き合わせていた。俺達の希望で寝室——というか部屋は一つの大部屋にしてもらったのだ。今日はここに皆で布団を敷いて雑魚寝《ざこね》である。まぁ、唯一男の俺は隅っこにする予定だけど。

「結局どういうことだってばよ」

「私に聞かれてもわからないわよ。知っての通り、私は最低限の魔法を使えるだけなんだから。話の流れから考えるに、相当高度なレベルで魔法を修めていないとヒロのことについてはわからないみたいだし」

「メイさんは何かわかりませんか？」

「申し訳ありません。サイオニック・テクノロジーに関しては我々機械知性には理解できない部分が多く、解析が全く進んでいないのです」

メイがいつもの無表情でそう言う。無表情に見えるが、なんとなく憮然《ぶぜん》とした表情に見えるのはきっと間違いではないだろう。

「うちらも結局は帝国生まれの帝国育ちやからなぁ」

「エルフが魔法を使えるってのは知ってるけど、それだけだよね。他の宇宙帝国の中にはそういうサイオニック・テクノロジーを重視している精神文明国家もあるみたいだけど、遠いんだよね」

「せやな。なんとか神聖帝国とかいうのがあるらしいな。詳しくは知らんけど」

「そっか。まぁどうでもいいな」

「どうでもいいんかい」

「どう考えても超級の厄介ごとの香りしかしねぇ。俺の出自なんてどうでもいいから無視だ無視。今の所困ってもいないしな」

これで体調が悪いとか変な力が暴走して周りに迷惑を掛けるとかなら話は別だが、今のところそんな兆候はない。実感できている不思議な効果ってのも多言語インプラントもなしに全《すべ》ての言葉を理解して扱えることと、息を止めれば回りの時間の流れがゆっくりになる――或《あ》るいは自分の時間の流れが加速するだけの話だ。

その解明や強化のために俺達が手に負えないような相手に興味を持たれるのはあまりにリスクが高い。そこまでして欲しい情報でもないし、これ以上生身の俺の能力を上げたいというわけでもない。エルマが前にちょっと見せてくれた魔法には少し興味があるが、下手《へた》に手を出して藪蛇《やぶへび》になっても困る。

「なんだか妙ね。何か怖がってる？」

そう言ってエルマが視線を向けてくる。

「そりゃ怖い。自分でもこの世界に来た経緯はわかっていないんだ。それが思ったよりもスケールのでかい話みたいだぞ？　ということになればビビりもする」

「ほーん……ところでこの世界に来たとかちょっと意味のわからない言葉があったんやけど、どういうことなん？」

「「あっ」」

俺とエルマとミミが同時に声を上げた。そういえば、整備士姉妹には俺の出自について適当に誤《ご》魔《ま》化《か》していたんだった。エルフのお偉方にオープンにされてしまった今、黙っていても仕方がないな。

「ＯＫ、今更隠し事をしても意味がない。話そう」

そう言って俺は俺がこの世界に来た経緯を話し始めた。とは言っても、俺の主観での経緯だ。実際に何があったのかはわからないし、俺がこの世界に来る直前の記憶というのも今になっては曖昧だ。ＳＯＬ《ステラオンライン》を起動したまま寝落ちしたような気もするし、ちゃんとベッドに入って寝たような気もする。だが、それは思い違いかもしれないし、そもそもその記憶すらなにかの拍子に思い込んでいるだけの可能性もある。

「というわけでな、今まで隠していたが俺はこの世界の人間ではない。少なくとも、俺の主観では」

「ははぁ……なるほどなぁ。兄さんの主観ではここはホロゲームの中の世界ってわけか」

「それに似た世界、だな。少なくとも俺がやっていたＳＯＬには異星人としてのエルフやドワーフの存在は示唆されていなかったし、スペース・ドウェルグ社も存在しなかった。機械知性もな。いくつか共通点はあったんだが、この世界で過ごすうちに合致しない部分のほうが多い印象が強くなってきてるな」

「不思議な話ですね……まるでホロ小説の主人公みたいです」

「その部分を抜きにしてもヒロはホロ小説の主人公を張れると思うけどね」

「物凄《ものすご》い短期間でプラチナランカーまで駆け上がっていますもんね。ゴールドスターも受勲してますし」

何故《なぜ》か全員の視線が俺に集まる。そんなに見られても何も出んぞ。

「プラチナランカーだゴールドスターだって言っても俺は多少腕に自信があるだけの一介の傭兵《ようへい》だからな。少なくとも気持ちだけは」

「ゴールドスター受勲者のプラチナランカーが一介の傭兵は無いわよ。しかも御前試合で皇帝陛下に認められる成績を残した上に、貴族相手に剣で勝つような人が」

「ですよね」

「そうですね」

「せやな」

「ですね」

「アーアーキコエナーイ。そういうわけでな、異世界からきた勇者的な肩書きとかよくわからんフォース的な力とかはもう要らんというか、あまり関わり合いたくないわけだ。一体俺はどこに向かってるんだよ。このまま宇宙の危機でも救う英雄にでもなるってのかって話だ」

俺は断じてそんなものになる気はないぞ。俺はな、皆とイチャイチャしてコーラを飲みながらのんびりまったり左団扇《ひだりうちわ》な生活を送りたいだけなんだ。あとはたまにちょっとしたスリルを味わうことができればなお良い。コーラさえあれば今の生活が理想なんだよな。惑星上に庭付き一戸建てが欲しい理由ってのも結局は惑星上じゃないとコーラを気軽に飲めなそうって理由なわけだし。今の環境でもコーラが思う存分飲めるなら、惑星上の庭付き一戸建てに拘《こだわ》る必要もない。

「そのゲームの知識で何か未来予知的なことはできないんですか？　何かこう、宇宙の危機的なやつとか」

ウィスカが目を爛々《らんらん》と輝かせながらそんなことを聞いてくる。目を爛々と輝かせて聞いてくるのが宇宙の危機についてかい。

「無いことはないけど、本当にそんなものが来るかどうかはわからんぞ」

「あるの⁉」

「あるんですか⁉」

「あるんかい⁉」

エルマとミミとティーナから総ツッコミである。いやあるけどさぁ、イベントとしてそれっぽい雰囲気を出してただけだったし、結局はなんとか解決してたしそんなに危機って感じはしなかったんだよな。

「まずは結晶生命体だな。接触、防衛、調査、撃滅って感じでイベントが進んだ」

「そう言えばマザー・クリスタルとかこの前の戦役で私も初めて見たわね」

「アレは俺がセレナ中佐に居場所の情報をリークした。さっさと片付いてよかったよな」

「サラッととんでもないこと言ってんなぁ……他にもあるん？」

「貪食宇宙怪獣《どんしょく》との接触イベントがあったな。とんでもない数の小型艦程度の宇宙怪獣の群れでな。一匹一匹は弱いんだが、とにかく数が多い。コロニーに直接取り付いてむしゃむしゃと食うわけだ、コロニーとその中身を」

「「うわぁ……」」

「ちなみに食われたコロニーはそのまま奴《やつ》らの営巣地になって、そこから更に奴らが湧《わ》く」

あれは酷《ひど》いイベントだった。結局いくつものコロニーやステーションが汚染されて焼き払われることになったからな。

「そ、それはどうやって打破したわけ？」

「結晶生命体で言うところの大型タイプが小型タイプを統率してる、というか小型タイプは大型タイプの端末みたいなもんでな。小型をガン無視して大型タイプをぶっ殺せば小型も自滅するんだ。それがわかるまで律儀に小型の群れを迎撃してる間はかなりの負け戦だったな。最終的には攻撃力の高い中、大型艦が超光速ドライブで大型タイプに肉薄して、集中砲火で潰《つぶ》していくって戦法でなんとかなった」

「それってこれから起こるんでしょうか……？」

「さぁなぁ。とっくにどこか別の場所で起こって解決済みかもしれないし、なんとも言えんね。もし俺の持つこの情報が必要になるなら、そのうち直面することになるんじゃないか？　俺達の運を考えるとそうなる気がしてならん」

「それはそうね。まだ起こってもいないことで頭を悩ませても仕方ないし、一旦《いったん》この話は忘れましょう」

「そ、そうですね」

「他には何か無いんか？　技術関係とか色々気になるんやけど」

「あ、それは私も気になります」

「うーん、ＳＯＬの話が参考になるかなぁ」

整備士姉妹にねだられて俺が知っている船関係やパーツ関係の情報を話していく。そうしているうちに夜も更《ふ》けてきたということで、今日のところはもう寝ることにした。明日からはシータ観光だからな。夜更しは良くない。

「えー」

「これからもちょくちょく話してやるから……」

「絶対にですよ？」

どうやら俺の話は整備士姉妹の琴線に触れたらしく、なかなか寝付かなくて大変だった。君たち、いい大人だって普段自分で言っているんだから、おとなしく寝なさいよ……。

ちなみに、隅っこで寝る予定だった俺の布団は結局ど真ん中になった。左右は整備士姉妹である。二人で挟まなくても逃げないっつうの。

☆★☆

朝起きたら整備士姉妹が左右からそれぞれ俺の右腕と左腕にくっついていた。俺の腕は抱き枕じゃないんだが？　まぁうん、温かいしちょっと柔らかいしなんか良い匂《にお》いがするし悪い気分ではないんだけどね。どうして女の子って良い匂いがするんだろうな。シャンプーやコンディショナーの違いか？　この旅館だと備え付けのものだろうから大した差は無いと思うんだが。謎だな。

「あら、仲が良いわね」

「いいなぁ」

　俺が起きたことに気がついたエルマとミミがひょいと俺の顔を覗《のぞ》き込んでくる。二人ともまだ寝間着のままであるようだ。

「身支度を整える前にお風呂《ふろ》に入ろうかと思って。支度の音で起こしちゃったかしら？」

「いや、自然に目が覚めた。俺も朝風呂にでも行くか」

　そう言って二人を起こすために腕を動かすと、何やらむにゃむにゃと言いながら二人とも起き始めた。

「んあー、おはようさん」

「おはようございま――ぴっ⁉」

「わー♪」

　状況に気づいたウィスカが変な鳴き声を上げて俺から離れる方向に転がっていく。そんなに慌てんでも良いと思うが。

　ちなみに転がっていった方向には丁度ミミが居て、転がってきたウィスカを楽しそうに捕獲していた。ウィスカの方が年上なんだが、見た目は完全にミミの方が年上に見えるんだよな。そのせいか、ミミから整備士姉妹に対する精神的な障壁は著しく低い。つまりとてもナチュラルに可愛《かわい》がる。

「ウィスカちゃんのほっぺぷにぷにー」

「にゃーっ」

捕獲されたウィスカがミミの魔手によって頬《ほお》をむにむにされるのを横目で見ながら身体《からだ》を起こす。ついでにまだ右腕にくっついている姉の方も起こす。こら、足まで使って絡みついてくるんじゃない。

「もうちょいだらだらしようやー」

「俺は朝風呂に入りに行くんだよ。ティーナもエルマ達と一緒に入ってこい」

「えー、兄さんと一緒ならええけどー」

「寝ぼけてんのか。俺がお前の身体を隅から隅まで洗ったりしている絵面を想像してみろ。完全に犯罪だろうが」

「なんでやねん。うちは完璧《かんぺき》なレディやろがい」

「一般的な視点から見るとどう見ても子供——何をしているんだ？」

無言でティーナが俺の腕に抱きついて身体を押し付けてきた。そしてあまり厚くない寝間着の生地越しに腕に感じられるふにゅりと柔らかい感触。こ、こいつ……！　寝起きだから下着を着けていないな!?　くっ、思ったよりもあるじゃないか。

「うりうり、どや？　これでも子供かー？　んー？」

「ＯＫＯＫ、俺の負けだ。ティーナは立派なレディだ。でもそれだと俺と一緒ってのは余計にＮＧだと思うんだが？」

「せやろか？」

「せやで」

こてん、と首を傾《かし》げるティーナに対して重々しく頷《うなず》いて見せる。

「はいはい、漫才はそこまでにしときなさい。パパッと朝の支度をしちゃいましょう」

「はーい、ママ」

「誰《だれ》がママよ⁉」

「ヒロ様！　私、私もママって呼んでください！」

「むあーっ⁉」

冗談で言ったんだけど、ミミの食いつきが凄《すご》い。なんで君そんなに大興奮してるの。というか興奮しすぎてウィスカの顔が胸に埋まってるから。今にも窒息しそうだからやめて差し上げろ。

☆★☆

「おはようございます」

「おはよう」

身支度を整えてロビーに行くと、ロビーのソファに座って何やらタブレット端末を操作していた銀髪のエルフの女性——昨日《きのう》も俺達を案内してくれたリリウムが俺達に声をかけてきた。

今日は民族衣装のチャイナドレスっぽい衣装ではなく、どちらかと言うと俺達に近い『普通』の格好をしているな。

「今日はドレスじゃないんだな」

「はい。あっちの方が良かったでしょうか？」

「いや、その格好の方が見てて落ち着くね」

男ってのは単純なもので、深いスリットから覗く生足やはっきりとわかる身体の起伏にどうしても視線が吸い寄せられてしまうものだ。俺はミミとエルマ、それにメイという俺には勿体《もったい》ないくらいのお相手が三人もいるわけだが、それでも視界に入ってしまうとな。

「こっちから振っておいてなんだけど、衣装の話はそれくらいにしとこうか。あまりそっち方面の話を掘り下げるとセクハラになりそうだ」

「ふふ、わかりました。よろしければ本日も案内役を務めさせていただきます」

「それは助かるけど、良いのか？」

「はい。上からもそう言われていますから」

「上からね。そう言えばリリウムはどういう立場の人なんだ？」

俺の質問にリリウムは笑みを浮かべてみせた。

「私はローゼ氏族の族長であるローゼ家の分家の出でして。まぁごく簡単に言うとエルフ自治区の外務を担当する部署の職員なんです。一応公務員なんですよ、これでも」

「なるほど？」

外務担当が来賓の接待や観光案内をするのか。まぁ、リーフィルⅣはエルフの自治区のような扱いらしいし、そういった外務関係の事柄を処理する専門部署なんてのがあってもおかしくはないのかね。

「基本的にローゼ氏族がシーター――リーフィルⅣの外のことを一手に引き受けているんです。外務や星系の防衛、星系外との交易や観光客の呼び込みとかもですね。まぁ業務はかなり多岐にわたります」

「へぇ。でもそれってかなり大変そうだな」

「そうですね。ですが、その分利益も大きいわけです」

「リスクもな」

「あはは……」

俺の言うリスクというのはつまり、外との交渉や外敵からの防衛に失敗すると、その責任を取らなければならなくなるということである。実際、メイに教えてもらった限りでは両氏族にかなり強く糾弾されているようだし。

「まぁ、今の俺達には関係のない話だな。案内してくれるって言うならありがたく案内されるよ」

「はい、お任せください。何か希望などはありますか？　オススメはシータの様々な動植物が展示されている動植物園ですね。美術館もまだ全《すべ》ての展示品を見ることはできていなかったでしょうから、そちらに行くのもおすすめです」

そう言いながらリリウムがタブレット型の端末の画面をこちらに向けてくる。画面には何やら可愛らしい雰囲気の毛玉みたいな生き物や、凶悪そうな感じの半分爬虫類《はちゅうるい》みたいな獣が映っているな。

「それも良いな。だが、俺にも希望があってな？」

「はい、希望があればそちらもご案内しますよ。どのような場所が良いでしょうか？」

「清涼飲料水メーカーの工場で。有名どころが良いな。試飲ができるとより良い」

「清涼飲料水メーカーですか？」

リリウムが首を傾げる。なんでそんな場所を？　と思うのも無理はない。しかし俺にとっては重要なことなんだ。とても重要なことなんだ。

「ついでに酒造メーカーも」

「酒造メーカーええね」

「いいですね」

酒飲み勢が攻勢を仕掛けてくる。

くっ、三人で希望するのはズルいぞ！　人数が多い分そっちが優先されてしまうかもしれないじゃないか！

「えっと、じゃあお昼ごはんはどこか地元の料理が食べられるところで。美味《おい》しいのでお願いします」

ミミが控え目に手を挙げてそう言う。ちゃんと美味しいのでって言うのは良いことだな。地元名物だからってことで食いに行ったら加工直後のフードカートリッジの中身そのままだったとかそういうのがあったからな。あれは酷《ひど》かった。

「ええと……そうですね。ローゼ氏族領とミンファ氏族領の境界辺りに食料品工場が集まっている区域があるので、そちらに行きましょうか。工場の見学ツアーをやっているところもありますし」

「ＯＫ、そのプランで行こう」

炭酸飲料を探しているという件に関しては移動中に話せば良いだろう。前にエルマがルートビアに似た薬湯をこの星で飲んだことがあるみたいな話をしていたし、きっと近いものがあるはず。あってくれ。たのむ！

☆★☆

結論から言うと、コーラは無かった。

というか、炭酸飲料そのものが無かった。如何《いか》なる歴史の悪戯《いたずら》か、リーフィルⅣ――シータではそもそも炭酸飲料という概念すら生まれていなかったのである。

「新しい清涼飲料水のアイデアをお持ちだとか？　少しお話を聞かせて頂いてもよろしいでしょうか？」

「別に良いけど、技術的な話までは知らんぞ」

シータでは大手である清涼飲料水メーカーの工場に見学に来ていたのだが、案内員に炭酸飲料は無いのか？　と聞いて、詳細を説明しているうちになんか偉い人が出てきて話を聞かれることになった。俺としては多少の手間で炭酸飲料が飲めるかもしれないということもあり、話すこと自体には乗り気である。

「話してくるから、適当に見学しといてくれ」

「ご主人様には私が付き添い致しますので」

「そう？　ならそうしましょうか」

というわけで、メイだけが俺についてくる形となり、他の面々は見学ツアー……というか試飲ツアーをそのまま続けることになった。もうすぐ清涼飲料水エリアから酒類エリアに切り替わるところだったからだろうな。俺とメイ以外の四人のうち三人が飲兵衛《のんべえ》だし。

ミミは……流石《さすが》に正体を無くすレベルでは酔わせないと思いたい。あまり酒に強くないからな、ミミも。飲兵衛どももそれくらいは気遣ってくれることだろう。

「どうぞ、こちらへ」

俺達を最初に案内してくれていたのとは別の案内員と、その上役の偉い人に先導されて応接室のような場所に通される。

「炭酸飲料ってのは炭酸——つまり二酸化炭素を添加した清涼飲料水のことだな。シュワッとした感触と特徴的な喉《のど》越しが得られる、刺激的な飲み物だ」

そう前置きして俺が知る限りの炭酸飲料の知識を披露する。残念ながら工場でどのように炭酸飲料が作られているかまでは知らない。基本的にはまず炭酸が添加されていない原液を作り、それを圧力容器に入れて炭酸ガスを注入するといった形だったと思う。

「確かその際には原液を冷やしていたほうが炭酸ガスが溶け込みやすかった筈《はず》だ」

「なるほどなるほど」

俺の話を聞きながら偉い人はタブレット端末にメモを取っているようだ。

「フレーバーとしては果実系のさっぱりとした飲料が多かった印象だな。基本的に清涼飲料水ってのはそういう傾向が強いだろうから、大体炭酸化すれば合わないことは無いんじゃないかと思う。勿論《もちろん》美味しいと思えるように調整はいるんだろうが、それはプロが調整するべき仕事だな」

「それはそうですね」

「あと、ドライアイス……固形化した二酸化炭素があればとりあえず簡単に炭酸飲料をでっちあげることができる。既存の清涼飲料水にドライアイスをぶち込んでやれば簡単に炭酸化するからな。

工業的に大量生産するなら設備を整える必要があると思うが、お手軽に試すならそういう方法もあるってことで」

「参考になります。ちなみに酒類には？」

「俺の記憶だとあまりアルコール度数の高くない果実酒や、果実のフレーバーが強いカクテルなんかも炭酸化されてたはずだな。アルコール度数は9％未満くらいだった気がする。あとは麦汁から作るビールの類も炭酸化されてるイメージが強いな、俺は」

「なるほどなるほど」

「あと、当然だが炭酸ガスを封入している性質上、破裂しないよう容器の強度には配慮が必要だ。宇宙空間――無重力下や低圧力下では破裂の危険や、噴き出した液体の処理にも難渋するはず。そもそも、炭酸ガス＝二酸化炭素なわけだから、コロニーや宇宙船内で消費するのに向かない。だから廃れているんだと思う」

「なるほど。しかし惑星上での消費に限って言えば、容器の強度に注意すれば流通させるのは難しくないということでもありますね」

俺の話を聞いている偉い人はそう言ってニコニコしている。話を聞いてみると、この人はこの清涼飲料水メーカーの商品開発部の人であるそうで、シータ上で販売されている清涼飲料水の情報はほぼ把握しているのだそうだ。そんな彼曰《いわ》く、シータには今まで炭酸飲料というものは販売されていない。これは大きな商機になりそうだと彼はそれはもう嬉《うれ》しそうである。

その一方、俺としてはしょんぼりである。このシータで清涼飲料水メーカーの見学ツアーに参加する意味がほぼ無くなったと言っても良い。しょんぼりである。

なお、蛇足だがアイデア料としてこのメーカーが作っている品の中でも特に人気のある品を大量に贈られた。本当はアイデア料としてそれなりの金額を支払うと言われたのだが、俺からしてみたら端金《はしたがね》だったので、酒やジュースを現物で大量にもらうことにしたのだ。

自分達で消費してもよし、どこかのコロニーで売り捌《さば》くもよし。どうせ俺の知識だって金が取れるほどキッチリしたものではなかったのだし、こんなことで面倒な契約書類を作ってなんだかんだやるのは面倒だしな。まぁ英断だったと思う。

☆★☆

「ということがあったのさ」

「へー」

「難儀やなぁ」

「それは残念でしたね」

酒をかっ喰《く》らいながらの飲兵衛三匹の反応がこれである。完全に他人事《ひとごと》のそれである。まぁ完全に他人事なんだろうけどさ。というか酒瓶、酒瓶の数。なんで十本以上空になってるの？

「うぇへへ……」

そして若干一名、正体を無くして俺の膝《ひざ》の上で幸せそうにスヤァしているのがいる。合流するなり俺の隣に座って絡んだ挙げ句、ご覧の有様である。

「ところでどうしてこんなになるまで放っておいた？」

「ちょっと目を離した隙に」

「この程度で酔っ払うとか思わんやろ、常識的に考えて」

「すみません……」

ちゃんと謝るウィスカは可愛《かわい》いなぁ。しかしもう色々とぐだぐだである。この惑星上に炭酸飲料などは存在しないという驚愕《きょうがく》的な事実を突きつけられた俺はテンションがだだ下がりだし、ミミは試飲で完璧《かんぺき》に酔っ払ってるし、飲兵衛三人は「試飲とは？」と言いたくなるレベルで本格的に飲んでるし。

「なんかすまないな、こんなだらしないアレで」

「いえいえ、むしろ皆さん普通の人なんだなぁって親近感を持ちますよ」

案内役として俺達に随伴してくれているリリウムがそう言って笑う。彼女はエルマ達について歩いていたのだが、当然ながら酔っ払ってなどいない。仕事中だからということで飲酒は遠慮したらしい。

「そういうわけで、一軒目にして俺の目的を見失ってしまったからプランを立て直したいと思う」

「えー？　もっと回らないの？」

「酒の試飲ツアーはまだ始まったばかりやろ」

「えっと……」

どうしようもない飲兵衛二人だけじゃなく、ウィスカまで残念そうな顔をしている。君達そんだけ飲んだのにまだ飲み足りないの？　肝臓大丈夫？

「そんだけ腰落ち着けて本格的に飲んでまだ飲むのか？」

「こんなの序の口よ、序の口」

「エルフの酒は上品で美味しいけど、ちょっと度数が低いなぁ。こんなんジュースとほとんど変わらんで」

「私ももう少し……」

ウィスカにまでそう言われては仕方がない。これもクルーの福利厚生の一部と考えれば必要なことなのだろう。そう納得することにしよう。

「わかった。元はと言えば俺のわがままに付き合ってもらったわけだからな。酒蔵回《めぐ》りを続けるとするか」

俺がそう言うと、飲兵衛三人から歓声が上がった。君達本当にお酒好きだな？　俺には理解が及ばんよ。まぁ、俺の炭酸飲料好きもあっちから見れば同じようなものなんだろうけど。

「それじゃあ今度は酒造メーカーを目指して移動しようか。度数高め、値段は高くてもＯＫ、質優先って感じのところをチョイスしてくれ」

「わかりました、手配しますので少々お待ち下さい」

リリウムが次の移動先を検討している間にミミを介抱しておこう。そして飲兵衛どもは移動準備しような。ほら、酒を片してしまいなさい。ハリーハリー。

シータ観光一日目は終始こういった感じで酒、酒、酒で終わった。

まぁ、俺はついて回ってのんびりしているだけだったが、たまにはこういうのも悪くないだろう。

飲兵衛達は大満足だったようだし、簡易医療ポッドを借りて酒を抜いたミミはシータの珍味を堪能していた。俺も一緒に色々食って楽しかったしな。

しかしこの平和な感じが嵐の前の静けさみたいな感じで嫌なんだよなぁ。用心しておこう。

#5：はじめての墜落

シータ観光二日目。

昨日《きのう》はリリウムに案内されてローゼ氏族領の清涼飲料水メーカーや酒造メーカーを回《めぐ》ったのだが、二日目の今日はグラード氏族領の観光をすることになっていた。

グラード氏族領は多くの自然が残る——と言えば聞こえは良いが、俺から見れば未開の原野というか、原生林である。グラード氏族はそんな場所に小さな集落をいくつも作って暮らしているらしい。

「そういうわけで、各自しっかりと装備を整えるように」

朝一番で全員を連れてブラックロータスへと戻り、俺はそう言った。旅館からブラックロータスが停泊している総合港湾施設まではさして遠くもない。昨日のうちにリリウムに言って朝一番で船に戻れるように手配してもらったのだ。

「観光……ですよね？」

「観光だな。でも俺達からすれば行き先は未知の惑星の原生林だな」

「私は未知でも……いや、グラード氏族領には行ったことないわね」

「仰々し過ぎひん？」

「私はお兄さんの言う通りにした方が良いと思うな」

本当は毒虫や寄生虫、急激な温度変化などからも身を守れる環境適応スーツでも引っ張り出そうと思ったのだが、SFチックなライダースーツって感じでいかにも見た目が仰々しい。流石《さすが》にこれを着て観光というのは無理があるだろう。

「山と森は舐《な》めたらアカン。管理されたリゾート地じゃなくてガチの原生林はヤバいから」

「そうなんですか？」

「そうなん？」

「そうなんです。というか舐めてかかるとすぐに遭難します」

エルマはともかく、ミミとティーナ、それにウィスカはコロニー生まれのコロニー育ち、つまり生粋のコロニストである。今まで人工的に管理された空間でしか生活をしたことがない彼女達には自然の脅威というものはあまり理解できないだろうな。

「できるだけ肌の露出のない服装にするように。君達の場合はアレだ、作業用のジャンプスーツとかでもいいぞ」

「オフの日にまでアレ着んのは嫌やなぁ」

「とにかくひらひらした服はやめとけ。枝とかに引っ掛けてすぐボロボロになる。丈夫でひらひらが少ないのにしておくように。多少暑そうな格好でも良いから」

そう言って全員にカメレオンサーマルマントを押し付けておく。これを装備すれば厚着をしても快適に過ごすことができるからな。カメレオンサーマルマントは丈夫だし、テラフォーミング中の惑星という過酷な環境でもびくともしなかった実績がある。

「流石にガイド付きだし、警戒し過ぎだと思うけど」

「そうだな。普通に考えればな。ところでこの星に来てから平和すぎると思わないか？」

「……」

俺の言葉にエルマが渋面を作ってみせた。そうだよな、俺にこう言われるとそういう反応になるよな。俺も本当はこんな心配なんてせずにのびのびと観光を楽しみたいんだが、どう考えても何か起こるならここだろうとしか思えないので、警戒せざるを得ないんだ。

「そのバックパックには何が入っているんですか？」

「サバイバルキット、携帯食料、救難信号発信ビーコン、あとは予備のエネルギーパックだな」

「サバイバルキット？」

「救急ナノマシンユニットとか、シェルターを作るための小型分子分解構成器とかが入ってるな」

「小型分子分解構成器？」

「ほら、帝都で御前試合をした時に、帝国軍が射撃戦用のフィールドをその場で分解・構成してただろ？　あれの小型のやつだよ」

「ああ、あれですか」

ミミがポンと手を打つ。つまりこの長ったらしい名前の装置は携帯型の3Dプリンターのようなものだ。木やら鉱石やらを分解して都合の良い物質に変換し、登録されているプリセット通りの建造物を構築することができる。こいつがあれば誰《だれ》でも簡単に簡易的なシェルターを作れるってわけだな。

仕組み？　知らん。こんなものは使えれば良いんだよ、使えれば。俺の知識で考えるとこんなサイズ――テレビのリモコンくらいの大きさだ――の機械で物質を分子レベルに分解、再構成なんてできるとは思えないんだが、実際にできてしまうのだから仕方がない。ちらっと仕組みを調べてもみたが、何が書いてあるのか全く理解できなかった。専門用語のオンパレードだ。

物質を分解するなんてことができるのなら兵器転用とかされそうなものなのだが、残念ながら対策が容易なようで、そう簡単な話ではないらしい。結局、自然物——植物や鉱石の類に使うのが限界なのだとか。

「救難信号発信ビーコンって、そこまで……？」

「森の奥深くでガイドが負傷、あるいはガイドとはぐれてそのまま夜に。周りは明かり一つない原生林で、危険な動物が跋扈《ばっこ》している。そんな状況になってもこれがあれば安全なシェルターを作って助けを呼んで一晩凌《しの》げるだろ」

「小型情報端末で通信すればええやろ」

「通信波が届けばそれで良いな。届けば」

「……届かないんですか？」

「残念ながら」

昨日のうちにメイに調べてもらったのだが、グラード氏族領の大半は小型情報端末で使っている通信波が届かない。つまり通信エリア外なのである。そんなことある？　と思ったのだが、残念ながら事実であるらしい。なんだかよくわからんが、通信機の存在というのが魔法の習得、修練に多大なる悪影響を及ぼすとかなんとか。嘘《うそ》だろう？　と叫びたくなったよ、俺は。

「お兄さん、物凄《ものすご》く慎重ですね」

「俺一人ならなんとでもなる。俺とエルマの二人でも多分問題ないだろう。でも、今回はミミとティーナとウィスカも一緒に行くことになるだろう？　そうなると、やっぱり色々と慎重にならざるを得ないな」

「むむ、私だってもう一人前……とはちょっと言えませんけどっ」

「うちらかてナリはこんなんでもドワーフやで？」

「ミミだって場馴《ばな》れしてきてるのは間違いないし、ティーナとウィスカのフィジカルの強さは認めるけど、惑星上での行動経験は殆《ほとん》どないだろう？　やっぱり心配なんだよな」

と、話しているとミミが首を傾《かし》げた。

「あれ？　メイさんは行かないんですか？」

「メイにはブラックロータスで待機してもらう。いざという時に迎えに来てもらう必要があるからな」

「大変口惜《くや》しいですが、ご主人様の命とあらば」

俺の後ろで控えていたメイが平坦《へいたん》な声でそう言う。

今はグラード氏族領にある森での遭難についてのみ話をしているが、もしかしたら宙賊による惑星上居住地の襲撃なんて事態が発生する可能性だってあるのだ。実際、俺達が捕捉《ほそく》して仕留めた連中だってそれを成し遂げたのだから、二度目が発生しないとも限らない。

そんな事態が発生した時に備えて、やはり俺かエルマかメイのうちの誰かが船に残る必要があるわけだ。この集団のリーダーである俺が残るのは論外だし、エルフであるエルマにはやはり同行してもらいたい。そうなると、船に残るのはやはりメイが適任なのである。

「私は警戒し過ぎだと思うけど……」

「警戒し過ぎだったね、アハハで終わればそれが一番だな。とりあえず全員携帯食料と水筒だけは持っていこうな」

水と食料があって体温を維持できるなら、とりあえずジッとしてさえいればそう簡単に死ぬことも無いだろう。

☆★☆

「ええと、その出《い》で立《た》ちは……？」

「森だって聞いたから最低限の装備を整えました」

「ええと、その荷物は……？」

「森だって聞いたから最低限の装備を整えました」

同じ言葉の繰り返しになるが、その通りだから仕方がない。

昨日に引き続き俺達を案内してくれるリリウムとブラックロータス前で集合するなり、とても困惑されてしまった。何せ全員がカメレオンサーマルマントを装備したガチ装備である。カメレオンサーマルマントはヘックス状の模様がついていて、首元のスイッチを押すと周囲の景色《けしき》に溶け込むように色が変化する仕組みになっているのだ。この機能を発動すれば至近距離ならともかく、少し離れれば目視するのは非常に難しくなるという逸品だ。

「まぁ、その、そこまで警戒しなくても大丈夫ですよ……？　向こうではちゃんとガイドがつきますし」

「そうだと良いなぁと思ってるよ」

きっと俺は悟りを開いたかのような穏やかな顔をしていることだろう。一般人には奇行に思えるかもしれないけど、俺くらいになるとトラブルを先読みして準備とかするんですよ。今までの経験からして、何か起こるなら絶対にこのタイミングに違いないね。グラード氏族領に着いて森の中を散策するみたいな話になってそこで絶対何かのトラブルに巻き込まれるんだ。俺は詳しいんだ。

「それではグラード氏族領に行くための足を用意してありますので、どうぞこちらに」

「どうも」

結局俺達の格好にそれ以上突っ込むのはやめたらしいリリウムの後ろについてぞろぞろと歩き出す。傍《はた》から見るとどう見ても異常な集団なのだろうが、人目を気にしている場合ではない。命が懸かっているのだ。ガチである。真剣である。まぁ人目という人目も殆どないのだが。

「流石に気合い入れ過ぎじゃない？」

「リリウムさんも困惑していましたね」

「心配し過ぎちゃう？」

「そうだとしても別に良いんじゃないかな？　私もちょっと調べてみたけど、管理されてない自然の森って有害な昆虫とかが多いらしいし。ちょっと歩くだけでも刺されて痛くなったり痒《かゆ》くなったり大変みたいだよ、お姉ちゃん」

「へー」

「これで俺が用意したものが何一つ役に立たなかったら全員になにか一つ好きなもん買ってやんよ。ただし俺の懸念が当たった時には覚えておけよお前ら。お前らってのはウィスカ以外のことな」

「大きく出たわね？　何でもって言った？」

俺の隣に並んできたエルマが俺の顔を見上げながらニヤニヤとした笑みを向けてくる。

「常識の範囲内でな。船とか言うなよ？」

「流石にそこまでは言わないわよ。とびきりお高いお酒を大人買いしてもらうわ」

「まぁ、それくらいなら」

前の買い物の内容を見る限り、高くても10万エネルくらいの話だろう。ならよし。

「常識の範囲内とか言われても兄さんの常識の範囲が広すぎそうで逆にわからんのやけど」

「え？　まぁ10万エネルくらい？」

「ヒロ様、それは常識の範囲内じゃないです」

「お兄さんの金銭感覚はおかしいです」

ティーナの質問に適当に答えたらミミとウィスカに真顔で突っ込まれた。あれぇ？

「じゃあ1万エネルくらい？」

「お兄さん……」

「夢が広がるなー」

十分の一にしたのにウィスカに可哀想《かわいそう》なものを見る目を向けられた。まだ想定が高かったらしい。

「なんだか凄《すご》い会話ですね……」

「傭兵《ようへい》なんてこんなものよ」

俺達の会話内容にドン引きしているリリウムに向かってエルマがそう言い、肩を竦《すく》めた。うん、傭兵なんてこんなもんだ。

☆★☆

「これが足かぁ……なんというか、味があるな」

「これ、どういう仕組みなんやろ？」

「うーん……？　多分航空機、だよね？　エンジンは……？」

整備士姉妹が俺達の『足』となる機体を見上げ、その周りを歩き回って検分を始めていた。

リリウムに案内された先にあったもの。それはトンボの羽のようなものが沢山ついたムカデの形をした乗り物だった。

見たところ、機関部らしきものは存在せず、箱型の客車——観覧車のゴンドラのような——に光り輝くトンボの羽のようなものが四枚ついたもの。それが連なって羽の生えたムカデみたいな形になっているのだ。

「もしかして魔法の力で飛ぶのか？　これは」

「はい。特殊加工されたイェンムリリゥという生物の羽を利用した魔法力式の航空客車ですね。風の精霊の力を使って飛ぶんですよ」

そう言ってにこやかな笑顔を浮かべているのはグラード氏族のお姫様であるティニアである。いつも通り、その後ろには彼女の付き人であるミザとマムが控えている。

「いえんむりりう？」

「イェンムリリゥ」

「いぇんむりりぅ」

「はい、そんな感じです」

ティニアが満足気に頷《うなず》く。うん、美人さん。

ところで、何故《なぜ》彼女達がこのような場所で俺達に航空客車の説明をしているのか？　ティニア曰《いわ》く、彼女の父上であるグラード氏族長のゼッシュ殿から恩人の皆様をご案内するようにという指示があったそうだ。まぁ、俺達に命を救われた本人がホストを務めるというのも自然な流れといえばその通りかもしれない。

しかし、俺達はこれに乗るのか？　マジで？　こんなエンジンも何もついていない、よくわからん生物の脆《もろ》そうな羽で飛ぶわけのわからん乗り物に？　めっちゃ怖いんだが？

「大丈夫なのか？　落ちたりしないだろうな？」

「大丈夫ですよ。イェンムリリゥの羽は大気中の風の精霊の力で飛びますから。整備不良でも無い限り、絶対に落ちません」

「整備は間違いなくしてある。問題はない」

航空客車から降りてきたエルフの男性――先日から俺達の運転手を務めてくれているヒィシ氏が物静かにそう断言する。寡黙な人であるようで、彼の声を聞いたことは数えるほどしかない。

「こうしていても仕方がないか……乗ろう」

「客車一つ一つはあまり大きくない。基本的に車両一つに二人が乗りこむ形にしてくれ」

「それでは私はヒロ様と。ミザはティーナ様とウィスカ様の二人と、マムはミミ様と、リリウム様はエルマ様と一緒に乗り込むことに致しましょう」

「……わかりました」

流石にグラード氏族本家の姫相手には強く出られないのか、本来の饗応役《きょうおう》であるリリウムが苦い表情を浮かべながら頷く。リリウムとしては職分を侵された形になるが、そこまで目くじらを立てて抗議するほどでもないという感じなのだろう。

人員の配分には若干作為を感じるが、こちらとしても文句を言うほどのものではない。リリウムとエルマを同じ車両にしたのはローゼ氏族同士でということなのだろうし、ミザとマムに関しては適当に振り分けただけだろう。俺と二人でというのもわからないでもない。俺に興味有りげな感じだったしな。

「了解。それじゃあそういうことで」

「気をつけなさいよ」

「わかってる」

ジト目で警告してきたエルマに素直に返事をしておく。気をつけろと言っても別にティニアが俺に何か害を及ぼすといったようなことを心配しているのではなく、ハニートラップの類に気をつけろという意味なのだろう。俺の勘ではティニアはそういうことをするタイプではないように思うのだが、無警戒よりは警戒していたほうが良いに決まっている。

「それじゃあ後でな」

「あーい」

「ちょっと楽しみかも」

整備士姉妹が嬉々《きき》として航空客車に乗り込んでいく。ミミは少し不安そうな顔を俺に向けてきたが、俺が頷いてみせると航空客車に乗り込んでいった。エルマはさっさと車両に乗り込み終えている。

「では、私達も乗り込みましょう」

「あいよ」

俺達が乗り込んだのは最後尾の車両だった。客車内は見た目通り確かに広くはなかった。席はなんというか、電車のシートみたいな感じだ。あの、進行方向に向いたベンチシートみたいな……クロスシートとか言うんだっけ？　アレだ。

「確かにこれは二人以上乗るのはキツいな。ティーナ達でもないと」

「イェンムリリゥの羽が齎《もたら》す飛行能力には上限があるので、大型化が難しいのだそうです。沢山つければそれで良いというものでもないようで」

「ほーん。まぁ科学とは別の術理で動くモノならそういうこともあるのかね」

単に浮力や推進力を生み出すだけのものなら増やせばなんとでもなりそうなものなんだがな。その辺が通常のテクノロジーとサイオニックテクノロジーの違いなんだろう。

「しかし綺麗《きれい》に光るもんだな。照明とかに使えそうだが……そもそもアレって宇宙に持ち出しても光るのかね？」

「どうなのでしょう？　イェンムリリゥの羽は大気中の風の精霊の力を利用するものなので、宇宙空間で使うのは難しいかもしれないですね」

「そっかー。綺麗だし、エコ照明として使えれば良いなと思ったんだが」

「宇宙空間でも僅《わず》かながら精霊術を行使できるそうなので、もしかしたら使えるかもしれませんが……ただ、イェンムリリゥはあまり数が多くなく、狩猟数も制限されているので、輸出品とするのは難しいかもしれません」

「なるほどなぁ」

イェンムリリゥとやらの羽が工芸品の材料として使えるならとっくに産業化されているか。狩猟数制限なんかが課されるってことは多分相当にお高いのだろう。生物素材ということであればどれだけ手入れをしても徐々に摩耗するだろうし、工芸品に回すほどの在庫の余裕はないのかもしれんな。

「ヒロ様、よろしければ傭兵としての生活や宇宙での生活について色々とお話を聞かせていただけませんか？　グラード氏族領ではそういった情報に触れる機会が無いのです」

「それは構わないけど、あまりにざっくりとした要求で何から話したものだか……そうだな、まずは宇宙での食生活についてなんかどうだ？」

「是非聞かせてください」

興味深げに瞳《ひとみ》を輝かせるティニアに自動調理器で作られる様々な料理の話や、その原料として使われるフードカートリッジや人造肉、培養肉などの工場で見聞きした話をする。その他にもミミがどこからか調達してくる異星のゲテモノ料理の話や、ついこの間まで滞在していたコーマット星系の特産品――になる予定の小型犬サイズのイモムシのグリルの話などもしていく。

未知の食文化の話にティニアは興味津々だ。流石《さすが》に異星のゲテモノ料理だのイモムシのグリルだのの話の時には若干引いていたが、それでも未知の食文化の話というのは彼女にとってはかなりエキゾチックな話題であるらしい。

　その他にも傭兵ギルドの話や宙賊の話、帝国航宙軍の話などをしているうちに時間は過ぎ去って行き、気づけばグラード氏族領へと向かう行程のおおよそ半分を翔破《しょうは》していた。

「これで半分か。結構な距離があるんだな」

「はい、この辺りはもうグラード氏族領ですが、見ての通りの原生林ですね。氏族の狩人達《かりうど》でも滅多に足を踏み入れないような森の奥地で――――？」

　ティニアの言葉が不意に途切れる。何やら不審なものを見る眼差《まなざ》しを窓の外に向けている。

「どうしたんだ？」

「イエンムリリゥの羽が……」

　彼女の視線を追ってみると、そこには燦然《さんぜん》と輝く例の羽があった。光るというか輝いている。眩《まばゆ》いばかりに輝いている。ついでに言えばなんか不自然に微振動しているように見える。

「最大出力で飛んでるとか？」

「いえ、そういった機能は先頭車両にだけあるはずで……客車はただ浮くだけの筈《はず》なのですが」

「ハハハ、嫌な予感がしてきた」

　思わず乾いた笑いがこみ上げてくる。

「先頭車両に連絡を取れないか？」

「ええと、そういう備えは……無さそうです」

　ティニアと一緒に客車内に何か無いか探してみるが、そういった類のものは見当たらない。小型情報端末もダメだ。通信波がこの辺りでは圏外であるらしい。

「マジかよ。というか今気づいたんだが、もしトイレに行きたくなったりしたらどうするんだ、この車両。下手《へた》すると漏らすしか無くない？」

「そのために飛行前にお手洗いを済ませて……いえ、今はこんなことを言っている場合ではないのでは？」

「それはそうなんだが、これはもうお手上げでは？」

この先の展開がなんとなく予想がついてしまうだけに逆に落ち着いてきた。

航空客車の一両一両はそれぞれ独立した個室のようになっていて、壁を叩《たた》いたところで隣の客車には伝わりそうもない。航空客車の外観は観覧車のゴンドラに光る羽がついているような感じで、それぞれが連結器のようなもので繋《つな》がっているだけだからな。

飛んだり跳ねたりすれば振動くらいは伝わるかもしれんが、どちらにせよコミュニケーションを取る手段がない。

「この高さから落ちて助かると思うか？」

「そうならないことを祈りたいのですが……冷静ですね？」

「それなりに修羅場を潜《くぐ》り抜けてきたからなぁ……とはいえこれは過去一ピンチかもしれんが」

こっちに来てからトラブルには事欠かなかったが、どうにかこうにか足掻《あが》く手段はあったからな。今回はどうにもこうにも足掻く手段が思いつかない。剣かレーザーガンで航空客車の壁をぶち抜いて隣の客車に連絡するか？　いや、危険だな。それで航空客車そのものが壊れたら洒落《しゃれ》にならんし、何より隣の客車の壁をぶち抜く時に怪我人《けがにん》が出かねない。

などと考えながらイェンムリリゥの羽に視線を向けていたのだが、遂に眩《まばゆ》く輝きながら異常な震動を起こしていた四枚の羽のうち俺達が見ている側の二枚が砕け散った。

あ、これ美術館で見たやつだ。

「きゃあぁ⁉」

ガクン！　と一瞬の浮遊感が俺達に襲いかかり、ティニアが悲鳴を上げながら俺に抱きついてくる。うん、美女に抱きつかれるのは大いに役得なんだが、これは本格的にまずいな。

俺達が乗る航空客車は完全に浮力を失い、前の航空客車と繋がっている連結部だけを支えにして辛うじて墜落を免れている。当然ながら俺達の客車そのものも大きく傾いており、俺達は今仰向《あおむ》けに倒れているような状態だ。

この様子だと反対側の羽もほぼ同時に砕け散ったのだろう。

「なんてことだ。もう助からないぞ」

「本当に冷静ですね⁉」

俺に抱きついたままティニアが叫ぶ。すまん、何故《なぜ》だかわからんがこのセリフを言わなきゃいけないような気がしたんだ。

「ティニア」

ギシギシギシ、と前の航空客車との連結部と思《おぼ》しき場所から嫌な音が鳴り始める。

「は、はい⁉」

「巻き込んですまん」

俺に力の限り抱きついているティニアにそう言った瞬間――バギンッ！　と破滅的な音が鳴り響いた。そして落下による浮遊感がすぐさま襲いかかってくる。

「きゃあぁぁぁぁあっ⁉」

「叫ぶな、舌を噛《か》むぞ」

ティニアの頭を胸元に抱き込み、可能な限り身体《からだ》を丸めて衝撃に備える。この期に及んでは是非も無し。運良く即死しないことを祈るしかあるまい。

程なくして強い衝撃が俺達に襲いかかり、その衝撃で俺は意識を手放した。

□■□

「巻き込んですまん」

彼はとても申し訳無さそうな顔でそう言った。

何故この人は私に謝るのだろう？　この航空客車を用意したのは私達で、寧《むし》ろ巻き込まれたのは彼の方なのに。

本当に申し訳無さそうな声でそう言った彼は、次の瞬間には真剣な表情になっていた。そして迷うこと無く私を抱き寄せ、その身を盾にして私を守ろうとした。

何故この人はそんな当然のような顔をして他者を守るために身を投げ出せるのだろう？　初めて会ったその時から、私は不思議でならなかった。

単身強力な武器で武装した賊が蔓延《はびこ》る船に飛び込む。そんなのは殆《ほとん》ど自殺と同じだ。

「結果的にそうなっただけで、偶然だ」

宙賊の船から助け出され、その後に彼とその仲間達と会食をする機会があった。

会食中の雑談の中で私は彼に問うてみたのだが、その答えがこれだ。私達の感謝の言葉に、彼は一貫して苦笑いをしていたように思う。あからさまに表情に出していたわけではないけれど、内心でそう思っていることは容易に察することが出来た。

まるで何かの間違いで御伽噺《おとぎばなし》の世界から転《まろ》び出てきた英雄だ。

強く、勇敢で、謙虚。少し女性関係にだらしないようだけれど、英雄色を好むと言う。そんなところもまるで御伽噺の英雄そのもののように思えるし、彼を慕う女性達によくよく話を聞いてみると、あれでなかなかに誠実なのだという。

誠実だというなら複数の女性に手を出すことは無いのでは？　とも思うが、そうした上で上手《うま》く行ってしまうのが彼の――英雄と呼ばれるような人種の魅力というものなのだろう。

そんな彼に、私は自然と――自然と？

「っ……！」

これは……いや、そうだ。私達は墜《お》ちたのだ。どうやらまたしても彼に命を救われたらしい。私を抱き締めたままの彼の腕を解《ほど》き、身を起こそうとして気が付いた。

血の匂《にお》いだ。

冷静さを失わないように注意しながら彼の腕から抜け出し、血の匂いの元を探る。私ではない。ということは……？

「……なんてこと」

血の匂いの元はやはり彼だった。墜落し、ひしゃげた航空客車の破片が彼の脇腹《わきばら》に突き刺さっていたのだ。私は傷一つ無いというのに。

「なんとか……なんとかしないと」

慎重に彼の身体を航空客車から引っ張り出す。このままでは助からない。突き刺さった破片を抜かなければ彼はこのまま失血死する。だけど、抜けば更に出血が酷《ひど》くなるのは間違いない。

「……出血を止めることさえできれば」

幸い、ここは精霊の気配が濃い。上手く行けば私の癒やしの魔法で血を止めることが……傷ついた内臓まで癒やすことができるだろうか？　いや、しないといけない。何としても。彼の命の灯《ともしび》は刻一刻と失われつつある。

「……抜くしかない」

もし仕損じたら……考えては駄目。やるんだ。精神を集中し、精霊に呼びかける。

「ッ！」

彼の脇腹に刺さっていた航空客車の破片を引き抜き、その傷に手を当てて治癒の魔法を発動させた。

「お願い！」

彼の脇腹から溢《あふ》れ出す温かい血。彼の生命。零《こぼ》れ落ちるそれを押し留《とど》めながら、必死に祈る。淡い光が私の手から溢れて彼の中を満たそうとする。

だが、足りない。

私が注ぎ込む生命よりも、彼の身体から失われる生命の方が多い。このままではいずれ彼の生命が尽きてしまう。

「このままでは……えっ？」

ジリ貧。そんな言葉が脳裏を過《よぎ》った次の瞬間、不思議なことが起こった。彼の生命が急速にその勢いを増し始めたのだ。私が行使する癒やしの魔法をそっくりそのまま真似《まね》でもしたかのように、彼の内から生命が溢れ出てくる。

「これは……？」

最早私の魔法などとは比べ物にならない威力の癒やしの力が彼の傷を塞《ふさ》ぎ、その血を止めた。

一体何が……？　そう考えているうちに彼の瞼《まぶた》がピクリと動く。

□■□

「う……？」

「ッ！　良かった……！」

目を覚ましたら、涙をポロポロと零《こぼ》しているティニアの顔が視界いっぱいに広がっていた。ええと、こいつは一体どういう状況だ……？　ああ。

「無事か……？」

酷く喉《のど》が渇いている。喉の奥……いや、気管に何か違和感があるな。無意識に咳《せ》き込み、その瞬間全身に走る激痛に思わず顔を顰《しか》める。なんだろう。物凄《ものすご》く全身が痛い。

「ゆっくり呼吸してください。客車の構造材が脇腹を貫く大怪我《けが》だったんです」

「……よく生きてたな、俺」

浅く呼吸を繰り返しながらなんとか首を動かし、周囲を見回す。すると、派手にひしゃげた航空客車が視界に飛び込んできた。エンジンの類がなかったおかげで爆発炎上はしなかったらしい。それだけは不幸中の幸いだったな。

「俺の荷物を持ってきてくれ」

「わかりました」

ティニアが慎重に俺の身体を地面に横たえてから荷物を持ってきてくれる。なんか俺の荷物にも大穴が空いてるな。中身が無事だと良いんだが。

「中に入ってる白いケースを……そう、それだ。開けて、中に入ってる救急ナノマシンユニット……棒状の、うん、それだ。くれ」

ティニアがサバイバルキットの中から取り出してくれた救急ナノマシンユニットのインジェクターを受け取り、腹に押し付けて注入ボタンを押す。これでとりあえずは一安心だ。

「これは水筒ですね？」

俺の荷物の中から集水水筒を見つけたティニアが水を飲ませてくれる。あー、水が美味《うま》い。救急ナノマシンユニットが効果を発揮してきたのか、全身の痛みが急速に和らいできた。

「無理をしないでください」

「いや、大丈夫だ。ナノマシンが効いてきた」

ティニアが心配してオロオロしているが、救急ナノマシンの効き目は覿面《てきめん》だ。鎮痛作用だけでなく、損傷した内臓や骨なども物凄い速度で修復してくれる。ただし、修復するには材料やエネルギーが要るわけで、それらは体内の無事な部分や脂肪などの蓄えから補填《ほてん》することになる。つまり、何も対策しないでいると筋力が衰えたり、痩《や》せ細《ほそ》ったりするわけだ。

「えーと……ああ、これこれ」

「いやわからんけど……まぁ悪いことではないし気にしなくても良いんじゃないか」

「そう、なのでしょうか？」

「俺と治癒魔法とやらの相性が滅茶苦茶《めちゃくちゃ》良かったとかそういうことかもしれないな」

俺はまだ人間をやめたつもりはないんだが。医療用ナノマシンの投与もなしに肉体が再生するとかストレートに化け物じみてるじゃん。いや、魔法をかけられたのが原因なのでは？

「ええ……？　なにそれ知らん。怖……」

「私が治癒魔法をかけ始めると、みるみるうちに傷が塞がっていったのです」

ティニアは頷《うなず》きつつも表情を曇らせている。なんだろう？

「はい、そうなのですが……」

「うわ、こりゃひでぇ。よく生きてたな……というか、もしかして魔法で治してくれたのか？」

身を起こして改めて身体の様子を確認してみると、右脇腹を中心にベッタリと身体が血塗《ちまみ》れになっていた。生乾きになっている血の感触が大変に気持ち悪い。

そう言いながら、二本目のインジェクターを横腹に打っておく。これはナノマシンが身体の治療に使うための『材料』を濃縮したもので、言うなれば濃縮栄養剤みたいなものである。医療用ナノマシンは魔法みたいに身体の損傷を治してくれる便利なモノだが、無から有を生み出すものではない。少々の手傷ならともかく、重傷を負った場合にはこういった補助剤の使用が推奨されているのだ。

「今打った薬の補助剤」

「それは？」

今は救急ナノマシンユニットと補助剤も打って万全な状態なわけだし。よくわからないけど助かったからヨシ！　ということにしておこう。

「何にせよ助かったよ。ありがとう。ティニアが居なかったら俺はそのまま死んでたかもしれん」

「いえ、私こそヒロ様に抱きかかえられていなかったら酷い怪我をしていたかもしれませんから」

そう言ってティニアは微笑《ほほえ》んだ。うん、美人さんは笑ってるのが一番だな。

「ティニアは怪我はしていないのか？　結構な高さから落ちたし、無傷ってことはないだろう？」

「いえ、私は大丈夫です。自分でも不思議なのですが、傷一つ無くて……」

「マジで？　物凄い幸運だな」

俺なんて意識を失った上に脇腹に何かがぶっ刺さって死にかけたというのに。

「とはいえ、見た目は大丈夫でも衝撃で脳にダメージが入っている可能性も無くはないからな。無理はしないで少し休んでてくれ。違和感があったら我慢せずにすぐに言うんだぞ」

そう言いながら俺は立ち上がり、自分のバックパックの中身を確認し始める。サバイバルキットの中身は無事。携帯食料はいくつか包装が破れてるな。これは早めに食ったほうが良いだろう。他には……おお、もう。こんなこったろうと思ったよ。

「それは？」

「密林脱出への特急券だったものだな」

蛍光オレンジの派手な色の外装に大穴を空けている物体を地面に置いて溜息《ためいき》を吐《つ》く。起動ボタンがあった部分に見事な大穴が空いており、どう見ても作動するようには見えない。外殻そのものも破断して亀裂が走っており、中身が見えている。どう見ても完全にぶっ壊れていますねぇ、これは。

「ワンチャン動いたりしないかな……？　無理かな……？　無理だな……」

「……気を強く持ちましょう」

落ち込む俺の横でティニアが励ましてくれる。そうだな。とりあえず生きてはいるし、俺達が墜落した大体の場所もエルマ達は把握している筈《はず》だ。エルマ達がクリシュナで迎えに来てくれればすぐにでもこの森から脱出できるだろう。

「そうだな、気を強く持とう。俺達が徒歩でこの森を脱出するのは無理っぽいが、助けは来るだろうからな」

「そうです。グラード氏族の狩人《かりうど》達もきっと私達を探してくれる筈ですから」

ティニアが意志の強そうな瞳《ひとみ》を俺に向けながら励ましてくれる。うん、なんというか彼女は人の上に立つ人間なんだろうな。何故《なぜ》だか彼女に励まされると気力が湧《わ》いてくる気がする。まぁ、そこまで落ち込んでもいないのだが。

「まずは状況確認だ。食料は……二人なら何もせんでも三日くらいはなんとかなりそうだな」

「これは外の食べ物ですね？」

「そうだな。所謂《いわゆる》レーションの類だけど」

俺が今回持ってきたのはコーマットⅣに持ち込んだのと同じ、なんとかって王国製のレーションと、帝国航宙軍のレーションの二種類だ。ずっしりとした食感のケーキのような王国製レーションと味が濃く高カロリーな帝国製のレーションを交互に食することで飽きが来にくいようにしてある。

いくつか包装が破れてしまったものがあるから、早めに食べないといけないな。

その他にはサバイバルキットと集水水筒が無事だ。サバイバルキットにはシェルターを簡単に作り出すことが出来る分子分解構成器も入っている。水筒で補充できる水の量は二人分としてはちょっと足りない量なので、水だけが少し不安だな。

などと考えていると、ティニアがレーションをジッと見つめていることに気がついた。

「……気になるなら食べてみるか？」

「良いんですか？」

「良いよ。まずは包装が破れたやつからだけど」

そろそろ昼時だしな。俺も少し腹に何か入れておきたい。一応補助剤は打ったが、妙に腹が減ってきた気がする。

「食事は極限状況下でのストレスを大幅に軽減してくれる。兎《と》にも角《かく》にも今は心を落ち着けるのが一番だ。ほれ、包装には切れ込みを入れておいたから、剥《む》いて食べてくれ」

穴が空いてしまった王国製のレーションをサバイバルキット付属のナイフで半分に切り、包装に切れ目を入れてから無事な方をティニアに渡す。俺は穴が空いたほうをいただくことにしよう。ボロボロになってしまった部分は仕方がないので地面に払って落としておく。

「甘いですね」

「カロリーも相応だから、食べ過ぎると太るらしいけどな。ああ、これくらいならなんの影響もないだろうから大丈夫」

食べる手を止めかけたティニアに軽く睨《にら》まれる。ちょっと場を和ませようと思っただけなのでそんなに怒らないで欲しい。というか、ティニアはそんなに体型を気にする必要あるか？　俺から見ると細すぎるくらいに思えるんだが。

「さて、軽く腹ごしらえをしたところで動き始めようか」

「はい。とはいえ、どうしましょうか？」

ティニアと共に辺りを見回す。なんというか完全に原生林である。下草はぼうぼうで、木々は乱雑に生え散らかして過酷な生存競争を繰り広げている。航空客車の墜落によって俺達がいる猫の額ほどの狭い空間だけは陽《ひ》の光が降り注ぐようになっているけど。

「森を大事にしているティニア――というかグラード氏族にとってはとても受け容《い》れられないことかもしれないんだが」

「はい？　なんでしょうか？」

「森を切り拓《ひら》こう」

そう言って俺はサバイバルキットの中から分子分解構成器を取り出し、更に腰の剣を引き抜いた。

#6：SF世界での快適なサバイバル

「これは一体どういう仕組みなのでしょうか？」

「俺にもわからんけど使えるからヨシ！」

「……」

俺が切れ味抜群の剣で繁茂している下草や樹木をバッサバッサと斬り倒し、ティニアが分子分解構成器で切り倒された草や木をどんどん分解していく。ティニアさん、なんて適当なやつなんだという視線を俺に向けるのはやめてくれ。別に良いじゃないか、使えるなら仕組みなんてわからなくたって。

戦艦の装甲材やパワーアーマーすらも切り裂くグラッカン帝国貴族御用達《ごようたし》の剣の前では樹齢数百年——あるいは一千年以上はありそうな大木であろうと何の障害にもなりはしない。木が倒れる方向にだけ気をつけて片っ端からぶった切っていく。

「森林破壊に加担させてすまないな」

「いえ、我々も安全を確保するために集落の周りを切り拓いたりはしますから。寧《むし》ろ、宇宙で生活しているヒロ様がこういったことを考えつけるのが不思議です」

「俺はほら、実戦経験豊富な傭兵《ようへい》だから」

本当は元の世界で見たサバイバル系の映画とかドキュメンタリー、それとゲームとかから得た知識なんだけどな。それを彼女に言ったところで何の意味もないので適当にごまかしておく。

そうして作業を続けること小一時間。なかなかに広大な面積を切り拓くことに成功した。

「切り拓きすぎたのでは……？」

「いや、クリシュナを着陸させるならこれくらいの面積は要るよ。これくらい切り拓いておいた方が上空からも見つけやすいだろうしな」

「なるほど、確かにそうかもしれませんね」

「うん。あとは日が落ちる前にシェルターを作らないとな」

ティニアから分子分解構成器を受け取り、分解して蓄積したマテリアルの量を確認する。結構な量のマテリアルが蓄積されているな。どういう仕組みなのかはまったくわからんが、分解されたマテリアルは分子分解構成器の中に蓄積されるらしい。相当な質量の筈だが、一体どこに蓄積されているんだろうな？　この機械、壊れたらとんでもない大爆発を起こしたりしないかちょっと怖いんだが。

「この機械で木や草を分解するだけでなく避難所も作れるのですか？」

「その筈だ。ええと……」

本体に付属しているマニュアルを見ながら分子分解構成器を操作し、広場の片隅にシェルターを作る。テンプレートを選んだら設置する地面に向けてボタンプッシュ一つで整地とシェルターの構成が完了する。なんという便利さ。

「……魔法より便利なのではないでしょうか？」

「高度に発展した科学は魔法と区別がつかないと言うからなぁ」

出来上がったのは黒っぽいカーボンのような素材でできたドーム状のシェルターであった。天井や壁などの一部に透明の樹脂のような素材で窓も作られており、シェルターの中から外の様子を見られるようになっている。

「ドアとか家具類は別に作るのか……まぁ一体成型するのは難しいよな」

ドアや簡易ベッド、テーブルや椅子なども個別に分子分解構成器で出力する。簡易ベッドはフレームの上に合成繊維製の布のようなものを張った感じのやつだな。アレだ、南国のビーチでトロピカルジュースを飲みながら寝そべるようなやつ。サマーベッドとか言うんだっけ？

「なんでもありですね……外の技術というのは」

「これだって無制限に使えるわけじゃないけど……まぁ便利だよな」

簡易ベッドで寝る時に使う薄っぺらい保温シートを出力しながら頷く。どれだけの効果があるかはわからんが、無いよりはマシであろう。いざとなったら二人でカメレオンサーマルマントに包《くる》まってしまうという手もある。ちょっと血で汚れたが、カメレオンサーマルマントは健在だ。暑さも寒さもこいつの前では無力である。

「あっという間に野営の準備が整ってしまいましたね」

「そうだな。あとはのんびりと待つしか無いか……？」

救難信号発信ビーコンを修理するのは俺には無理だし、分子分解構成器にも複雑な機械を作るようなことはできそうにない。ティーナとウィスカがこの場にいれば救難信号発信ビーコンを修理することも出来たのかもしれないけどなぁ。

「狼煙《のろし》でも上げてみますか？」

「おお、それは良い考えだな。森を切り拓いた上に狼煙も上げればより俺達を見つけやすくなりそうだ」

ティニアの提案を受けて分子分解構成器でカーボン素材製の簡易シャベルを出力し、地面に穴を掘って穴の中に生木などを詰め込み、レーザーガンで着火して狼煙を上げる準備をしておく。

「今すぐには上げないのですか？」

「どれくらい気を失っていたのかわからんが、エルマ達はまだグラード氏族領に着いたばかりで動けないんじゃないか？　グラード氏族だけで動くにせよ何にせよ、行動開始までまだ時間がかかるんじゃないかね」

「いえ、恐らくすぐにでも動き始めると思います。夜の森は危険です。夜行性の肉食獣も多く生息しているので、どんなに勇猛な狩人でも夜の森に入ることは控えるほどです」

「……つまり、俺とティニアが墜落してもし生きていたとしても、夜を越えることは難しいと思われている？」

「その可能性が高いと思います。なので、夜になる前に探し出そうとすると思います」

「なら今すぐにでも狼煙を上げておくか」

ティニアの提言を受けてすぐに狼煙を上げる事にした俺はレーザーガンを使って穴の中の生木に着火した。すると、すぐにもうもうと煙が上がり始める。

「こりゃたまらん。離れよう」

「そうですね」

煙が目にしみる。シェルターから離れた場所に狼煙の穴を掘って良かったな。え？　何でわざわざ穴を掘ったのかって？　万が一の延焼を防止するためと、消すのが容易になるからだな。消す時はそのまま土を被《かぶ》せれば良い。風に煽《あお》られて燃料の生木が飛散したりする心配も無いしね。

「よし……これで後の問題は水だけか」

「水ですか？」

「ああ。俺が持ってきた水筒は大気中の水分を集めてきれいな水を作ってくれるんだけど、精々一日に2リットルくらいしか精製できないらしいんだよな。一人分にはぎりぎり足りるが、二人分となると節約するか、水源を探さないと――」

などと俺が言っていると、ティニアが何事か呟《つぶや》き、手をかざした。すると、手をかざしたところにみるみるうちに水の玉ができあがり、ちょろちょろと水を零《こぼ》し始める。

「魔法の力ってすげー」

「ヒロ様が持ち込んだ分子分解構成器という道具の方が凄《すご》いと思いますが……」

「どっちも凄いってことで良いんじゃないか」

これで水の問題が一気に解決した。他に不安があるのは危険な獣とやらと、遭難が長期化した際の食料不足か。まぁ、その心配も今日中に救出が実現すれば無用のものになるんだけど。

「何にせよ、あとはじっくりゆっくり助けを待つだけだな」

「そうですね。狼煙に気づいてくれると良いのですが」

分子分解構成器でキャンピングチェアのようなものを二つ作り、狼煙から少し離れたところに置いて立ち上る煙をぼーっと眺めることにする。煙の近くなら虫の類もあまり寄ってこないだろう。

ここからは待ちの一手だ。上手《うま》い具合に事が運べば良いんだが。

「ああ、そうだ」

立ち昇る狼煙を並んで眺めていたところでふと思い立つ。

「ティニアのお陰で命を拾った。改めてありがとうな」

俺の言葉を聞いたティニアはきょとんとした顔をしている。いきなり過ぎたか。

「いや、一息ついて落ち着いたところで改めて礼を言おうと思ってな。ティニアが魔法で治療してくれなかったら救急ナノマシンを打つ前に死んでただろうから」

「なるほど、そういうことですか。ですが、私もヒロ様のお陰で見ての通り傷一つありませんから。そこはお互い様ということで良いのではないでしょうか？　寧ろ、宙賊の船から助け出してもらったことを考えると、まだまだご恩を返せていないと思います。今回の件もグラード氏族領に招いたばかりに起こったわけですし……」

「いや、それこそ純然たる事故なわけだから気に病むことはないと思うけど」

原因が俺である可能性も微粒子レベルで存在……いや、かなり高そうだからなぁ。だからといって俺が悪いわけでもないと思うけれども。だって乗ってるだけでイェンなんとかの羽が砕けるとは思わないじゃん……。

「では今回の件はお互い様ということで。私はヒロ様のお陰で傷一つ負わず、ヒロ様は私の治癒魔法で命を繋《つな》ぐことができた。そう考えれば釣り合うのではないでしょうか？」

「そうかなぁ……？　まぁ、ティニアがそう言うならそういうことにしておこうか」

「はい、そういうことにしましょう」

ティニアが微笑を浮かべて俺の顔を見つめてくる。美人さんにそんなに真正面から見つめられると照れ臭くなりそうなんだが。エルフは本当に男性も女性も美人さん揃《ぞろ》いだが、ティニアはその中でも頭一つ抜けた美人さんだからな。

「そんなに見つめられてもレーションくらいしか出ないぞ」

「それはそれで興味がありますが、そういうものを期待して見ているわけではありませんよ」

そう言ってティニアが口元を隠しながらクスクスと笑う。うーん、所作が上品。俺の知り合いだと皇女殿下とかクリスとかエルマのママとかと同レベルのお上品さ。

同じエルフである上に子爵令嬢でもあるエルマなんて、パンツとスポブラだけのラフな姿でベッドに寝っ転がりながらビールとツマミをかっ喰《く》らっていることすらあるというのに……一体どこで差がついたのか。

「ティニアみたいな美人さんにそんなに見つめられると気恥ずかしくて顔が赤くなりそうだ」

「まぁ、お口がお上手ですね。そうやって沢山の女性を泣かせてこられたのですか？」

「言っておくけど、俺は自分から女性を口説けるような色男じゃないからな？　知っての通り、うちのクルーは俺が口説いたというよりも、その場の流れで俺の船に乗ったような感じだし。ただ、ティニアが美人なのは事実だと思うぞ」

目鼻立ちが整っているのは勿論《もちろん》のこと、その意志の強さを感じさせる目がな。なんというか、眼《め》力《ぢから》が強いっていうのとは違うんだが……輝きが強いというかなんというか。

「素直に褒め言葉として受け取らせて頂きます」

「そうしてくれ。ところで、もし無事にグラード氏族領に辿《たど》り着《つ》いていた場合、何を見学させてくれる予定だったのか聞いても良いか？」

「それは良いですけれど……こんな状況でですか？」

ティニアが頬《ほお》に手を当てながら首を傾《かし》げる。そんなティニアに俺は肩を竦《すく》めて答えた。

「こんな状況だからこそだよ。楽しい世間話でもしてメンタルを保たないとな」

人事を尽くした以上、後は天命を待つばかりだ。ただぼけっとしているよりは美人さんとお話をしていたほうがずっと有意義ってものだろう？

☆★☆

狼煙を維持しつつティニアとあれこれと話をすること数時間。そろそろ陽《ひ》が傾き始めてきた。

「狼煙はここまでだな」

「……そうですね」

ただ喋《しゃべ》っているだけというのも退屈だったので、広場の外の森に分け入って枯れ枝などを収集し、焚《た》き火《び》の用意もしておいた。日が落ちたら煙の視認性は著しく下がるからな。

「ティニアの見立てだとそろそろの筈《はず》だけど……来る気配がないな」

「流石《さすが》に見捨てられるということは無いと思うのですが……」

「この状況で俺達を放置する選択肢は無いはずだよな」

「はい。客人をもてなすどころか生死不明にさせたのではグラード氏族の面子《メンツ》は丸潰《まるつぶ》れです。他の氏族の手前、放置するということは考えられません」

「そうでなくともうちのクルーがキレて暴れる可能性があるし」

ミミとか整備士姉妹はともかく、エルマとメイはキレさせると危ないからな。いくらなんでもクリシュナやブラックロータスで破壊活動を！　みたいなことはしないと思うが、いつまでも救援、探索をしようとしない――あるいはさせようとしない連中をぶっ飛ばすくらいのことはしてもおかしくはない。

なんてことを考えながら徐々に茜色《あかねいろ》から群青色へと染まりつつある空を見ていると何かが光った。

「んん……？」

「何か見えましたか？」

「少なくとも助けではないな。多分衛星軌道か、それより先だ」

再び何か起こらないかと夜空に目を凝らしていると、パパパッと何かが光った。レーザー砲の着弾光か？　なんとなく発光パターンが見慣れた感じだ。今度はティニアも光を目撃したようで「あっ、光りましたね」とか言っている。

恐らくだが、あれはリーフィルⅣからかなり近い空間で起こっている航宙戦闘の光だな。暫《しばら》く眺めていると、今度は夜空に大量の光の筋が走り始める。

「流星群……？」

「いや、恐らく撃破された機体の破片がスペースデブリになってこの星に降り注いでいるんだと思うぞ」

「それは……危なくはないのですか？」

「大気圏突入時に発生する熱で大半は燃え尽きると思うけど……もしかしたら地上まで届くような

破片もあるかもな。まぁ、人に直撃する可能性は極めて低いんじゃないかな」

もし直撃する奴《やつ》がいるとしたら、相当に運が悪い……うん、俺は特に気をつけておこう。あまり気をつけようもないような気がするが。

「それにしても、こりゃ随分と大規模な……星系軍と拮抗《きっこう》しているのか？」

戦っている勢力の一方は間違いなくリーフィル星系の星系軍だろう。星系軍の戦力というのはまぁ、その星系を支配している貴族などの力――主に経済規模――によってその質はピンキリなのだが、それでも普通はそこらの宙賊相手に苦戦するようなことはほぼ無いと言っても良い。

いくら型落ちということで帝国航宙軍から払い下げられたものとはいえ、軍用艦が民間船を少々違法改造した程度の宙賊艦に後れを取るということは考えられないからな。

「大丈夫なのでしょうか？」

ティニアが不安げな表情で夜空を見上げながら呟く。正直に言うと、危うい。地上から肉眼で観測できる範囲で戦闘が発生しているとなると、戦場となっている宙域そのものはかなり近いということになる。少し均衡が崩れれば、再度の降下襲撃が発生する恐れが高いだろう。

「大丈夫じゃないかもしれないが、俺達に出来ることは何もないな」

リーフィル星系軍の装備の質や練度に期待する他無い。しかし、仮にリーフィル星系軍の質が平均程度だとして、その星系軍と拮抗する戦力を持っている宙賊となると……この辺りだとあいつらかね。

「相手は赤い旗《レッドフラッグ》かもしれんな、こりゃ」

「レッドフラッグ？」

「ああ、所謂《いわゆる》大宙賊《ビッグネーム》って奴らだ。基本的に宙賊っていうのは数隻から精々十隻程度の小集団を形成していることが多いんだが、中には数十、数百隻の宙賊艦を擁する大規模な宙賊団も存在する。いくつもの星系に宙賊基地を作り、それらをまとめているわけだ。そういう連中を大宙賊《ビッグネーム》って呼ぶのさ。赤い旗《レッドフラッグ》もその一つだ」

赤い旗《レッドフラッグ》はリーフィル星系を含む広範囲に影響力を持っている宙賊団で、帝国軍も手を焼いている連中だ。基本的にああいった大型の宙賊団というのは戦力を分散した上で潜伏させているので、一気に叩《たた》くといったことがなかなか出来ない。なんだかんだで宇宙は広いからな。

「どうしてそんな宙賊がシータに……」

「宙賊の考えることはわからんけど、エルフは違法奴隷《どれい》としての価値が高そうだからなぁ……」

男女共に見目が良く、長寿で、身体《からだ》が丈夫。潜在的なサイオニック能力者でもあり、生態というか繁殖特性もかなり特殊。趣味の悪い連中の玩具《がんぐ》の素材としてはこれ以上なく価値が高そうに思える。

「そんな理由で……！」

「それが宙賊って連中だから。お陰様で奴らにどんなに命乞《いのちご》いをされても無慈悲に爆発四散させられるわけだけども」

奴らに違法奴隷として『加工』されてしまった人達を一度でも見れば奴らに対する慈悲の心なんざ消え失《う》せるぞ。そういう人達が救助された後に元の生活に戻れる確率は高度に進んだ帝国の医療技術をもってしても三割にも満たないって話だからな。

「……外というのは、怖いところなのですね」

「地上に住む人と宇宙に住む人では精神性が違うのかもな。宇宙賊連中の場合は環境もありそうだが」

宇宙賊どもの生態は正直よくわからんのだよな。あっちこっちで狩られている筈なのに全く全滅する気配がない。奴らも人間である以上はどこかで赤子として生まれ、宇宙賊として活動するまで育っている筈なんだが……どこで増えてどこで育っているんだか。

いや、野生生物みたいに論ずるのはなんだかおかしいんじゃないかと俺も思わないでもないんだが、それにしても不可解なんだよな。ゲームの敵キャラクターみたいにどこかから湧《わ》いて出ているんじゃないかとさえ思ってしまう。

「……ヒロ様もですか？」

「俺か？　俺は……俺もちょっと普通じゃないのは確かかもな」

俺の主観で認識している事実というのはなんとも不可解極まりないものだからな。不条理とさえ言っても良い。気がついたらゲームの世界に近い謎の宇宙に、ゲームで使っていた愛機と一緒に放り出されていたとか意味がわからんよな。

「とはいえ、宇宙賊みたいな連中を許せないと思う気持ちはティニアとそう変わらないと思うぞ。だからこそ俺は宇宙賊をメインターゲットにした傭兵《ようへい》をやってるわけだし」

「そうですね……申し訳ありません」

「気にする必要はないさ。宇宙賊連中はともかくとして、外にだって色んな人がいるし、ティニアが怖く思うような人も沢山いるのが現実って奴だと思う。でもそんなのは当たり前のことだろ？　どんな場所、どんな種族にも良いやつと悪いやつがいるもんさ。宇宙賊は除くけど」

良い宇宙賊なんてものが存在するとは微塵《みじん》も思えんのだよな。もしかしたらいるのかもしれんが、探そうとも思わないし。言ってることが矛盾してる？　ダブルスタンダードにもほどがある？　それはそう。でもそれを確かめるために自分やクルーの命を危険に晒《さら》すのは馬鹿らしいからな。

「しかしこりゃ本格的に良くないいな。ちょっと火を消したほうが――やべっ」

火を消すべくショベルを使って焚き火に土をかけようとしたまさにその瞬間、遥《はる》か東の方向から流れ星――いや、流れ星と言うには大きすぎる『火球』が眩《まばゆ》く輝く炎の尾を引いて上空を通過していった。東から西へ向けて、だ。あちらの方角にはシータの総合港湾施設がある。はっきりとはわからないが、恐らくあの火球の正体は降下襲撃を仕掛けてきた宙賊艦であろうと思われる。

「あっ」

「きゃっ⁉」

直後、火球が通過していった方角から東に向かって何本もの赤く光る筋が迸《ほとばし》った。あの数からして、恐らくブラックロータスによる対空砲火であろうと予想がつく。ブラックロータスには対空迎撃用のレーザー砲が十二門も搭載されているからな。

その後も次々に火球が東から西に向かって通過したが、その度にブラックロータスのレーザー砲と思《おぼ》しき対空砲火が瞬いた。

「い、一体何が？」

「大丈夫。恐らく降下襲撃を仕掛けてきた宙賊を迎撃しているだけ――」

ドゴォォォオンッ！

「うおっ⁉」

「きゃっ⁉」

「マジか……大気圏内でＥＭＬを撃ったのか？」

総合港湾施設からここまではかなり離れているはずだが、それでも聞こえるほどの轟音《ごうおん》である。弾体が俺達のいる場所の上空を通過することは無かったようでその軌跡などを確認することはできなかったが、ブラックロータスの装備でこんな轟音を発するようなものといえば艦首に装備されている大型ＥＭＬだけだろう。

ブラックロータスの艦首に装備されているＥＭＬは直撃さえすれば正規軍の軍用艦ですら一撃で葬るほどの威力を誇る。そんなものを大気圏内でぶっ放せばどうなるか？

下手《へた》すると発射時に発生する衝撃波だけで周辺の建物に被害が出る可能性すらある。恐らくだが、発射された弾体が引き起こす衝撃波の威力も宇宙空間で撃った時よりも増す。シールドと装甲の薄い宙賊艦ならその衝撃波だけで纏《まと》めて撃墜することが出来るかもしれない。

「派手にやってんなぁ……」

「あ、あの、大丈夫なのでしょうか？」

「あー……多分？　メイを信じよう。信じたい」

ＥＭＬの影響で周辺施設に甚大な被害が発生とかしてたら、一体その修繕費用や賠償金としていくらくらい請求されるだろうか？　あ、胃が痛くなってきた。

「何にせよ今は祈ることしかできん。とりあえず上空から宙賊艦に見つけられたら大変だし、焚き火を消してシェルターに退避しておこう」

「わかりました」

ティニアが頷《うなず》き、何事かを呟《つぶや》いたかと思うとジュワァッ！　と音を立ててすぐさま焚き火が消えた。一瞬にして暗闇《くらやみ》に包まれてしまうが、すぐにティニアが魔法で出したと思しき明かりが点《つ》く。

「……便利だな、魔法」

「そうですか？　よろしければ覚えてみます？」

「覚えられるかなぁ……？」

首を傾《かし》げつつ、ティニアに先導されてシェルターへと向かう。なんだか族長達の話によると俺は大層な才能だかエネルギーだかを秘めているようだし、もしかしたら覚えられるかもしれんな。どうせ救助を待つことしかできないんだし、ティニアに魔法を教わるのも良いかもしれない。

☆★☆

遠くからの戦闘音が鳴り響く中、ティニアが魔法で出した小さな光源を頼りに俺とティニアは額を突き合わせて相談していた。

「明日以降どうするか相談しておこう。今日助けが来なかったということは、明日に期待できるかどうかもわからない」

「そうですね。最悪、徒歩による自力での脱出も視野に入れなければならないかもしれません」

尤《もっと》もだ、とでも言うようにティニアが真面目《まじめ》な表情で頷く。徒歩での脱出は正直あまり想像したくないんだが……確かに最悪を想定すれば考える必要があるのは確かだな。

だが、小型情報端末がオフラインである今は地図すらまともに使えない状況だ。どちらに進めば良いのかもわからないまま、あてもなくこの森林を彷徨《さまよ》うというのはあまりに危険過ぎる。この星の原生生物の中には危険なのもいるみたいだし、切り拓《ひら》かれていない森の中を移動するとなると事故なども怖い。毒虫や、それに相当する危険な生物も怖い。

「それは確かに。とはいえ、基本的には救助を待つという方針で良いだろうと思うんだが」

「そうですね、私達二人だけで森を踏破するというのは危険な試みだと思います。ただ、現在進行形で起こっている宙賊の襲撃を考えると、救助が遅れる可能性もまた高いかと思うので……」

「そこは優先度の問題だよなぁ……俺とティニアの双方が即死していなければ、少なくとも水と食料の問題は概《おおむ》ね無いと考えられる可能性は十分にあるわけだし」

「私は魔法が使えますし、ヒロ様は生存に必要な道具や食料を持ち込んでいたわけですからね」

「それらの情報は俺のクルー達に聞けばすぐに知れるだろうから……いや、それでもやっぱり俺のクルー達は何より俺を優先するだろうな。今日は無理だったとしても、明日か明後日《あさって》には迎えが来ると思うんだ」

「皆さんを信用してらっしゃるんですね」

「俺が逆の立場なら絶対にそうするからな。きっと皆もそうしてくれる筈《はず》だ」

今日一日くらいはエルフ達の体面を慮《おもんぱか》って救助活動を任せるかもしれないが、それによって成果なしだとか、宙賊への対応に忙殺されてそもそも救助活動を行えなかったということがわかれば、エルフ達の意見を一蹴《いっしゅう》して自分達で動くと思う。

「すぐに救助が来るなら問題ないと思うが、自力で脱出する可能性を考えるとレーションは節約したいな……」

「確かに。長期保存できる食料は貴重ですね。では、明日は朝から周辺に食べられるものがないか探してみましょう」

「それは良いな。だけど、俺はリーフィルⅣ――シータに自生している食べられるものの知識は皆無だぞ？」

「それでしたら私に任せていただければ問題ありません。これでも森の知識は一通り修めていますし、実際に森に入って採取をすることもよくありますから」

「そいつは助かる。それじゃあ明日はティニア先生に頼るとしよう。俺も護衛と荷物持ちくらいは出来ると思う」

ここを無人にするのは少し心配だが、二人しかいない以上バラバラに行動するのはどう考えても悪手だからな。単独行動をしている時に動けなくなるような怪我《けが》などを負ったらそれだけで詰みである。

「……しかし、戦闘がなかなか終わらんな」

シェルターの窓から見る限り、未《いま》だにブラックロータスのものと思われる対空砲火が夜空を灼《や》いている。相当な規模の降下襲撃が起こっているらしい。赤い旗《レッドフラッグ》がどれだけの規模で襲ってきているのかはわからんが、流石《さすが》に星系軍を全滅させてリーフィル星系全域を蹂躙《じゅうりん》する……という事態にまでは発展しないだろう。

「心配していても仕方がない。今日のところは食事を摂《と》って寝るとしよう。どちらかが起きて見張りもしたほうが良いよな？」

「そうですね、用心のためにそうした方が良いと思います」

「多分後から寝るほうが楽だよな？　なら先に俺が寝るよ」

「いえ、ヒロ様は大怪我をしたのですから私が先に」

「もうすっかり治ってるから」

押し問答の末、先に俺が寝ることになった。こうと決めたらなかなかに頑固な娘さんだよ、本当に。

☆★☆

戦闘音がなかなか止《や》まず寝づらかったり、小型情報端末のアラームで目を覚ましたら割と近い距離から俺の顔をジッと覗《のぞ》き込んでいたティニアにびっくりしたりしつつ、ティニアと見張りを交替して朝までの見張りを終えた。彼女もすぐには寝付けなかったようだが、少しすると静かに寝息を立て始め、その後は起きる気配もなく寝続けていた。やはり疲れていたのだろうと思う。

「んぅ……？」

「おはよう」

目を覚ましたティニアに朝の挨拶《あいさつ》をする。意志の強い瞳《ひとみ》も今はしょぼしょぼとしており、大変にあどけない雰囲気を醸し出していらっしゃる。寝癖で髪の毛が撥《は》ねているのもなんだか可愛《かわい》らしい。

「おはようございま……？　ひゃあっ⁉」

起き抜けに見慣れない男が視界に入ってきてびっくりしたのか、ティニアが叫びながら飛び起きた。気持ちはわかるが、そのリアクションはちょっと凹《へこ》む。

「何もしてないからな？」

攻撃魔法めいたものをぶっ放されたりしたら怖いので、両手を挙げて降参のポーズを取っておく。いや、ティニアがそんなものを使えるのかどうかは知らんが、少なくともエルマよりはよほど魔法を使いこなしているようなので、それくらいできても不思議はないだろう。

「あ、その、ちがっ……み、見ないでください！」

そう言ってティニアは両手で自分の顔を隠してしまった。寝起きの顔を見られるのが嫌だったのか？　しかしまた随分と慌てて……もしかしたらティニアは普段結構無理をして『氏族長の娘』という仮面を被《かぶ》って生活しているのかもしれない。

「ＯＫＯＫ、ちょっと外に出てゆっくりストレッチでもしてるから心を落ち着けてくれ」

そう言って降参のポーズを取ったままシェルターの外に逃げ出す。ミミやエルマなら無防備に涎《よだれ》垂らして寝ててもお互いになんとも思わないが、ティニアは流石にそういうわけにもいかないらしい。まぁ、デリカシーの問題だな……もし今日もまたシェルターで一夜を明かすことになりそうだったら、シェルターをもう一個作って別々に寝るように……いや、危ないな。昨晩は何事も無かったけど、寝床を別にして凶暴な生物に寝込みを襲われたりしたら大変だ。ティニアには慣れてもらう他あるまい。

「先程は見苦しいものをお見せして大変申し訳ありませんでした……」

などと考えていると、どんよりとした雰囲気を身に纏《まと》ったティニアがシェルターから出てくるなり謝ってきた。

「別に見苦しいものを見た記憶はないんだが……ティニアがそういうなら素直にその謝罪を受けておくよ」

「ありがとうございます」

「どういたしまして。さぁ、朝飯にしよう」

ティニアも起きたところで朝食を摂ることにする。本日の朝食は帝国航宙軍のコンバットレーションだ。全体的に塩味が濃い目だが、高温多湿で汗が出やすいこの森で活動するのにはもってこいである。

「あまり食べたことのない味ですけど、美味《おい》しいですね」

「そう、意外と悪くないんだよな。これが朝昼晩とずっと続かなければ」

「それはどんな食べ物でも一緒ですから……そうならないために今日は頑張りましょう」

「そうだな」

塩辛いソーセージを齧《かじ》りながら頷く。そういや長期間森で過ごすことになるとしたら、塩はどうしたものかね？　ティニアなら何か良い考えがあるのだろうか。エルフの知恵みたいな感じで。

朝食を終えたら昨日《きのう》のうちに切っておいた生木を再び狼煙《のろし》用の穴に突っ込んでレーザーガンで着火しておく。森の中で食料探しをしている間に迷った！　なんて時にも狼煙を頼りに帰ってこられるから安心だ。まぁ、それだけじゃ怖いから歩きながら木に目印をつけていくつもりだが。食料を探しに森に入って更に遭難しましたとかあまりにも笑えん。

「森の様子もわからないし、ゆっくり行こう」

「そうしましょう。この辺りは狩人《かりうど》も滅多に足を踏み入れない森の奥地ですから、何がいてもおかしくありませんし」

　俺の荷物は分子分解構成器で作った簡易バックパックにレーションを二食分と、集水水筒と予備のエネルギーパック。それと分子分解構成器。ティニアはレーションを二食分だけである。装備は俺が剣とレーザーガン。ティニアがサバイバルキットに入っていたナイフを持っているくらいだ。食料を探して持ち帰らなければならないので、荷物を少なくしてきたのだ。

「下草が凄《すご》いなぁ……」

「人の手の入っていない原生林ですからね」

　俺の剣でバッサバッサと茂みを切り拓きつつ、慎重に探索を進めていく。一応木にも印をつけているが、切り拓いた下草を辿《たど》っていけば簡単に野営地まで戻れそうだな。

「ああ、良いものがありましたよ」

「お、早速か」

　ティニアが足を止め、木に巻き付いた蔓《つる》のようなものを指さしている。

「コキリの蔓です。ほら、あそこを見てください」

「ふむ、何か実がなってるな」

　見上げた先には握《にぎ》り拳《こぶし》より少し大きいくらいの大きさの瓜《うり》のようなものがなっていた。

「コキリの実です。水分が豊富で、甘みもある果物ですよ」

「それじゃあ早速採取を……」

「任せてください」

　ティニアが何事か呟くと、プチッと音が鳴ってコキリの実が木の上から落ちてきた。魔法で実を収穫したらしい。

「魔法って便利だな」

「万能ではないですけれど、これくらいは。もう少し頂いていきましょう」

「そうだな、根こそぎにしない程度にな」

俺がそう言うと、ティニアは目をパチクリとさせて不思議なものを見るような目を向けてきた。なんだろうか？

「変なことを言ったか？」

「いえ、外の方がそんなことを言うとは思っていなくて。勝手な想像ですけれど、全部取っていこうと言うのかと」

「ああ、まぁそういう人もいるかもな。俺はそうは思わないけど。全部取っていってしまったら『次』が生えてこなくなってしまうかもしれないだろ。こんな奥地に他の人が足を踏み入れることは無いのかもしれないけど、マナーは守らないとな。あとは森への感謝の気持ちとか？」

「まるで私達みたいなことを言うんですね。ヒロ様は本当に変わった方です」

クスクスと笑いながらティニアが魔法を使ってコキリの実を落としていく。キャッチするのがなかなかに楽しい。どんな味なんだろうな、こいつは。

「よし、幸先《さいさき》が良いな」

「はい。他にも何か無いか探してみましょう」

そうしてまた森の中を歩き始めると、ティニアが再び足を止めた。この辺りはあまり下草が鬱蒼《うっそう》と生えていないが、今度は何を見つけたんだ？

「ヒロ様、地面を掘る道具は……持ってきていませんよね」

「ショベルは置いてきてしまったな……何かあったのか？」

「はい、この蔓なんですが、地面の下にある根の部分が食べられるんです」

ティニアが指差す地面を見てみると、先程のコキリの蔓よりも細く、繊細な蔓植物が他の植物に絡みつき、ハートみたいな形の葉っぱを広げていた。ふむ、掘るものか。

「ふふふ、そこでこいつの登場だ」

そう言って俺は分子分解構成器を即席バックパックから取り出し、パラメータを調整した。昨日ティニアが寝ている間暇だったので、分子分解構成器のマニュアルを読み込んでおいたのだ。そうすると、この分子分解構成器は分解物をある程度選別する機能があることがわかった。つまり、調整次第で照射範囲の土だけを分解するという芸当も可能なのである。

「それではジージョごと分解してしまうのでは？」

「じーじょ……？　いや、こいつの設定をちょっと調整すれば土だけ分解できるんだよ。まぁ見てな」

パラメータを調整し、ティニアが指さした地面に向けて分子分解構成器を使う。すると、いきなり地面が脆《もろ》くなって地中へと崩れていくように穴が空き始めた。不思議な光景である。

「地面がこれでスカスカになって脆《もろ》くなった筈だから、簡単に引っこ抜けるんじゃないかな」

「これは凄いですね、土魔法が得意な芋掘りの達人もこんな感じでジージョを掘るんですよ。用いる手段が違うのに、同じような結果になるのはとても興味深いです」

そう言いながらティニアが蔓植物を引っ張ると、地面から土まみれの根塊がスルスルと出てきた。

うーん、なんか山芋とか自然薯《じねんじょ》とかみたいだな。いや、本物の自然薯は見たこと無いけども。

「簡単に抜けました」

「これが食えるのか……どうやって食うんだ？」

「よく洗ってから皮を剥《む》いて生のまま摩《す》り下ろして食べたり、刻んで食べたりですね。皮を剥いてから輪切りにして焼いたり蒸したりしても美味しいですよ」

「なるほど」

やっぱり山芋とか自然薯っぽい食べ物であるらしい。ティニアは掘ったジージョとやらの蔓とくっついている芋の部分を少し残してナイフで切り、それを地面に埋めてから残りの部分を水の魔法を使ってよく洗い、半分に折って自分のバックパックに入れた。

「なるほど。あの部分を地面に埋め直しておけばまた次の収穫ができるわけだ」

「はい。そういう実利的な面もありますね。それだけでなく、私達は森から恵みを分けてもらって生きる立場ですから。守るべき領分というものがあるわけです」

「なるほどなぁ」

そんな感じでティニア達グラード氏族——つまり森の民の心得などを興味深く聞きつつ、食料の採取に励む。ティニアは大きな葉っぱとかハーブのようなものも一緒に採集していた。なんでも料理をするのに使うらしい。

「結構集まったな」

「はい。これだけあれば私達二人が明日まで食べる分には十分かと思います」

コキリの実も追加で手に入れたので、今はそれを食べながら小休止中である。

見た目の印象では瓜といった感じだったのだが、ナイフで割ってみると非常にメロンに似ている。果肉の色はオレンジがかっておらず、若干黄色みを帯びた白だ。まぁ瓜もメロンの一種というか、メロンも瓜の一種なのだ。恐らくコキリも性質的には似たようなものなのだろう。遺伝的にどうかは知らんが。なんせ別世界というか多分別宇宙の、異星の果物だし。

「それにしてもコキリは良いものだな、これは。あまり日持ちはしないのか？」

「そうですね、ここまで熟したものはあまり。精々七日くらいです。未熟なものを調味料で漬け込んだものなら半年くらいは大丈夫ですが。あとは砂糖やギィの蜜《みつ》を加えて煮詰めたジャムも同じかそれ以上に保存が効きますね」

「なるほどなぁ。あまり日持ちしないのは残念だ」

そう言いながらティニアが食べやすいように切り分けてくれたコキリにかぶり付く。うん、美味しい。ちょっと青臭いような気もするが、甘みも十分で美味しいな。品種改良されていない野生の果物とは思えない味だ。

「どうしてですか？」

「持ち帰って船の中で食べられたら良いなと思ってな。まぁ検疫とか色々手間はありそうだが」

なんせ果実である。下手《へた》に異星に持ち込むと異常繁殖したり、原生種と交雑したりして大変なことになりかねない。細菌やウィルスの類はもちろんのこと、動植物に関しても各所の検疫は神経質なほどに目を光らせているのだった。

無論、既存の動植物への影響だけでなく、商業作物の遺伝子盗難という意味でも固有の生物種を要する星系では税関や検疫所が目を光らせていたりする。なので、日持ちの面をクリアしたとしても、コキリをリーフィルⅣ――シータから持ち出せるかどうかはわからないのだが。

「その辺りの事情に関しては明るくなくて……ただ、ミンファ氏族領やローゼ氏族領では帝国の技術を使って遺伝子改良されたコキリも栽培されているそうですよ。グラード氏族領では昔ながらの方法で品種改良された種しか栽培していませんが」

「ほう？　グラード氏族領でもコキリは栽培されているのか」

「はい。もっと大きくて甘いコキリもありますよ。私は野生種のコキリも好きですけれど」

「その話、面白いなぁ……後でもっと聞かせてくれ」

「はい。時間は沢山ありそうですからね」

☆★☆

ミニサイズメロンのようなコキリの実を食べて小休止した俺とティニアは、引き続き食料調達のためにグラード氏族領の森の中を歩いていた。その間にもいくつかの収穫物を見つけ、鮮度の保持や二人での消費量なども考えて余らせない程度に採取をしておいた。二人がそれぞれ背負っているバックパックの重みもそれなりに増している。

「しかし意外と会わないな、危険な動物とやらに。まぁ、肉食動物でもない限り、そう襲ってくるもんじゃないのかね……向こうだって厄介事は御免だろうから」

「そうですね。野生の動物も小さな怪我《けが》が死を招き寄せることになるのを本能的に知っていますから。こちらを獲物と見定めたか、縄張りを侵したか、あるいは子供に近づくか……そういったことがなければそうそう襲われるものではありません」

「なるほど。向こうから襲ってこない限り手を出さないほうが良いのかね。肉もぜひ食いたいところだけど、血抜きや解体の仕方が俺にはわからんし、何より水がなぁ……」

血抜きや解体などの作業をする際には水が大量に必要になるし、何よりも肉というのは仕留めて血抜きをした後に冷やさないと味が落ちるのである。猟師さんも湖や川があれば仕留めた後にドボンと放り込んだりするらしいと聞いたことがある。

「水なら私の魔法でなんとでもなりますよ。解体も私ができますから」

「頼りになるなぁ……狩人《かりうど》でなくても解体とかするんだ？」

「狩人が持ち帰った獲物を解体することがあるんですよ。予定よりも多く獲物が取れた時には狩人だけでは手が足りなくなる場合がありますから」

「なるほど」

聞いてみれば納得の理由である。寧ろ、一般的な常識から考えれば外の世界で航宙艦を乗り回している俺が解体の知識を僅《わず》かばかりでも持ち合わせていることの方が不自然なのだろう。ティニアは気にしていないようだが。

「ミミ達はどうしているかな。無事だと良いんだが」

「グラード氏族領までは辿り着いているでしょうから、何も心配は無いと思います。宙賊の件は心配ですが……」

「俺が深夜に起こしてもらった時にはもう音も聞こえなくなっていたし、決着は着いたんだろう。その後も散発的な戦闘が起こっていないことを考えると、星系軍が勝ったということだと思う」

いくら大宙賊《ビッグネーム》とはいっても星系軍を全滅させるほどの戦力は持ち合わせていないだろう。よしんば星系軍が全滅したとしても、グラッカン帝国航宙軍を相手に星系の支配を維持するだけの戦力は絶対にないだろう。

万が一星系軍が全滅したとしても、そんな事態が発生すればすぐさま近隣星系の星系軍や帝国航宙軍が介入してくるし、そうすればすぐに戦闘が再開されることになる。そうなっていないということはつまり、星系軍が勝ったということだ。

ただ、ミミ達クルーやブラックロータス、クリシュナが無事かどうかは別の話だ。とはいえ、もしブラックロータスが撃破されて爆発四散でもしようものならこの森にも影響が及ぶような大爆発になりそうなものだし、そうなっていない以上は大丈夫だと思いたいが。

え？　ブラックロータスに宙賊が突入して制圧された可能性？　いや、外から一方的に叩《たた》いて無力化するならともかく、戦力を送り込んで白兵戦で鎮圧するのは無理じゃないかな……軍用戦闘ボットとメイがいるし。完全武装した帝国航宙軍の海兵隊でも手こずると思うぞ、あれは。

「そうだと良いのですけど……」

と、ティニアと話しながら森を進んでいたところ、行く手に光が見えた。え？　光？

「なんだ？」

「川か泉でしょうか？」

「いや、なんか光を反射してるとかそういう感じの光り方じゃないように思えるが」

藪《やぶ》を剣で切り開き、歩みを進めたその先にあったもの。それは……！

「なんだこれ？」

「これは……」

よくわからないものだった。見た目は一抱えほどの大きさの楕円《だえん》形のボール——アメフトボールのような物体である。ただ、なんか光っている。蛍光緑色の光を放っている。大丈夫？　この物体放射線とか放ってない？　チェレンコフ光は確か青色だったはずだから違うか？

「いや本当になんだろう、これ。シータ固有の果物か何か？　めっちゃ光ってるけど」

「いえ、これは……でもまさか」

ティニアは目に見えて狼狽《うろた》えている。ヤバいものなのだろうか？　とりあえず素手で触るのは怖いので、そこらで適当な枝を拾ってつついてみる。

「ふむ？　結構硬いみたいだな」

「き、木の枝で……なんてことを」

「え？　まずいの？　爆発するとか？」

「爆発はしないと思いますが……触っても問題はないと思います」

「そっか。どれどれ」

謎の物体の前に屈《かが》み込んで手で触れてみる。ふん？　手触りはいかにも木というかデカイ種というかそんな感じだな。食えるんだろうか？

「これ、食えたりするのか？」

「それを食べるなんてとんでもない!!」

「うおっ⁉」

ティニアが叫ぶのと同時に、抗議でもするかのように謎の物体がピカピカと光る。一体全体なんなんだ、こいつは。とりあえずなんかヤバそうなのでティニアの手を引いて謎の物体から離れる。

「本当に危険じゃないのか？　あれは。見なかったことにして放っておいたほうが良さそうな気がしてきたんだが」

「放置していくなんてとんでもないですよ⁉」

ティニアが再び叫び、謎の物体もそうだそうだと同調するようにピカピカと明滅する。えぇ？　なんかティニアさん、こいつに思考誘導とかされてない？　途轍《とてつ》もなく怪しいんだが。

「結局何なんだ、こいつは」

「私も見るのは初めてなので、はっきりとしたことは言えないのですが……恐らく御神木の種かと」

「御神木の種」

俺がオウム返しにそう言うと、謎の物体がそうだぞ、とでも言わんばかりにピカピカと光ってみせてくる。鬱陶《うっとう》しいな、こいつ。

「確か御神木ってのは最初の宙賊の襲撃で甚大な被害を受けたとかそういう話じゃなかったか？」

そんな話を耳に挟んだ気がする。確かエルフ達の信仰対象みたいなものだとかなんとか。

「はい。今も御神木の管理官や巫女《みこ》達が必死に御神木の命を繋《つな》ぎ止めようと努力しているところなのですが……まさか新たな種が産み落とされていたとは」

恐る恐るといった感じでティニアが御神木の種とやらに視線を向ける。つまりどういうことだろう？　御神木とやらは宙賊の攻撃を受けてもはやこれまでと世代交代に踏み切ったってことかね？

「まぁ、放置していく訳にはいかないということなら持って帰るか。これだけ光るなら明かり代わうにならそうだし」

「御神木の種を明かり扱いですか⁉」

　ティニアにとんでもないものを見る目を向けられたが、俺はその御神木とやらに対する信仰心も畏敬《いけい》の念も無いし……なんか大事なものらしいし、安全なら光って便利そうだから持って帰るくらいの認識しか持てないぞ。

「そんなに大事なものなのか」

「それはもう。御神木は私達エルフの寄る辺です。御神木は常に私達と共にあり、その庇護《ひご》の下に私達エルフは生まれ、繁栄してきたのですから」

　至極真面目《まじめ》な表情でティニアが御神木の事を語り始める。うん、長くなりそうだな。よし、ここは敢《あ》えて空気を読まずに話をぶった切ろう。

「とりあえず持って帰ろうか」

「あの、慎重に。慎重にお願いしますね？　いえ、やっぱり私が」

「いや、俺が持ってく。ティニアに持たせておくと動揺してミスりそうだし」

　地面に落ちている御神木の種とやらをむんずと鷲掴《わしづか》みにして簡易バックパックに放り込む。もっと優しく扱えとでも言いたげに明滅しやがったが、無視しておく。こいつ、どうも俺達とそう変わらん知能めいたものを持ってるっぽいな。外に持ち出したら高く売れそうな気がする。いや、そんなことはしないけどさ。

#7：救助

「どうしましょう」

「いや知らんが……適当にそこらに転がしておいたらどうだ？」

結局あの後は真《ま》っ直《す》ぐ野営地へと戻った。御神木の種のせいでティニアのメンタルが不安定になってしまったからな。あんな状態じゃ森なんて怖くて歩けない。

「とりあえず落ち着こうな。今の状態じゃおっかなくてティニアと一緒に森を歩くのなんて無理だぞ」

「そ、そうですよね。申し訳ありません、ちょっとあまりのことに動揺してしまって……」

とりあえず御神木の種とやらはキックオフ寸前のアメフトボールよろしく地面に突き刺しておく。

あれってどうやって自立させてるんだろうな？　専用の器具でも使うんだろうか。アメフトの経験もラグビーの経験も無いから知らんのだよな。

「とりあえず、腹も減ったし収穫物で昼食にしないか？」

「そうですね。心を落ち着けるためにも調理に専念するのが良いかもしれません。でも……」

「でも？」

「香草は少し採取できましたが、お塩が無いのがちょっと。味付けをどうしようかと」

「それに関しては解決策が見つかっている」

そう言いながら俺は簡易バックパックから分子分解構成器を取り出し、ポチポチとホログラムのボタンを操作して目的のものを出力してみせた。

「……これは？」

「お塩入りのパック。土壌に含まれる元素から精製できるんだってさ」

「本当に便利ですね、その機械は……ちゃんとお塩ですね」

俺が開封したパッケージから一摘《つま》みの塩を取り出して舐《な》めたティニアが呟《つぶや》く。俺もそう思う。これ一つあればサバイバルの難易度が急降下するものな。流石《さすが》はサバイバルキットに同梱《どうこん》されているだけある。簡単にぶっ壊れた救難信号発信ビーコンの一万倍は役に立つな。あのビーコンはもう重《おも》石《し》くらいにしか使えんし。

「それでは早速調理しましょうか。と言っても、あまり手の込んだものは作れそうにありませんが」

「それは仕方ないな」

何せ鍋《なべ》もフライパンも何も無いのだ。石を組んでかまどを作ることは出来るかもしれないが肝心の調理器具が何も無いのではどうしようもない。ここらの土壌や石は鉄などの金属元素の含有率があまり高くないらしく、分子分解構成器にも金属系の元素が殆《ほとん》ど蓄えられていないしな。

役立たずのビーコンを分解して金属元素にしてやろうかとも思ったが、メーカーにクレームを入れるために残しておきたかったし、航空客車を勝手に分解するのも良くないだろうしな。まぁ、不便だがなんとでもなるさ。

「ジージョとモコリダケ、それと香草とお塩で蒸し料理を作りましょう」

「キノコのスライスは任せてくれ」

分子分解構成器で出力したカーボン素材のようなもので作られたキッチンナイフを使ってエリンギくらいの大きさがある土色のキノコを下拵《したごしら》えの後にスライスしていく。これはコキリの後に見つけたキノコで、旨味《うまみ》が強く、使い勝手の良い食材であるらしい。

ちなみに、下拵えというのは所謂《いわゆる》虫出しというやつである。天然物のキノコには菌糸を食べる小さな虫がついていることがあるので、海水くらいの濃さにした水などに十分間ほど浸《つ》けて虫を追い出すのだ。それから真水で軽く洗って調理をする。ティニア曰《いわ》く別に虫を食べたところでちゃんと加熱してしまえば身体《からだ》に害があることは殆ど無いそうだが、やはり心情的にあまりよろしくないからな。

「本当にお料理が出来るんですね」

サクサクとキノコをスライスし、ジージョの皮を剥《む》く俺の手元を見ながらティニアが感心したような声を上げる。

「宇宙だと調理する機会なんて殆どないけどな。それと、キノコをスライスしたり芋の皮を剥くくらいは誰《だれ》にでもできると思うが」

「ナイフを持たせてハラハラしない手付きというだけで凄《すご》いと思います。傭兵《ようへい》ではなく料理人としてもやっていけるのでは？」

「俺が作れるのは粗野な男料理だけだし、精々素人《しろうと》に毛が生えた程度の腕前じゃなぁ……執念を燃やして腕を磨けばなんとかなるのかもしれないけど、そこまではな」

「そうですか。でも、こうして並んで料理ができるのは楽しいですね。グラード氏族の男性は基本的に家で料理はしないので」

「そういう文化と言うか風習のところもあるだろうな」

そんな話をしているとすぐに下拵えが終わった。二人でやると早いな。

「この食材をどうするんだ？」

「この葉っぱで包んで蒸し焼きにするんです」

バナナの葉のような何枚かのでかい葉っぱにジージョやモコリダケ、コキリの果肉などの食材を並べてゆき、香草や塩で味付けをして包む。そして焚《た》き火《び》で熱々に焼いた石の上にそれらを載せ、更に上にでかい葉っぱを幾重にも被《かぶ》せて蒸し焼きにする。

「出来上がりが楽しみだな」

「蒸し上がるまでもう少しかかりますね」

そこらから拾ってきた枝を使って焼けた石や熾火《おきび》になった焚き火を上手《うま》い具合に調整し、蒸し料理の用意を整えたティニアが額に伝った汗を拭《ぬぐ》う。うーん、ちゃんとした調理器具がないと料理一つ作るのも大変な手間だな。やはり文明というか鉄器というのは偉大だ。

「じゃあ、時間もできたところで……これをどうするかだな」

調理の後始末をしてから地面に突き立てておいた謎の発光体を見下ろす。ティニアは御神木の種とか言っていたが、何故《なぜ》そんなものがあんな場所にあったのだろうか。これがわからない。

「まぁ、これの正体はともかくとして持って帰るのは確定かな？　俺としては厄介事の種になる未来が予想できるから、全力で森の中にぶん投げて見なかったことにしたいんだが」

「これを捨てるなんてとんでもない！」

ティニアが慌てた様子でそう叫び、そうだそうだとでも言わんばかりに御神木の種とやらもピカ

ピカと光っている。

「わかったわかった、そんなことしないから落ち着いてくれ。で、お前はなんだ？　俺達の言葉を理解してるのか？」

　俺の言葉に反応するかのように御神木の種がピカピカと光る。うーん、俺の言葉に反応しているようには見えるが。

「よし、じゃあ肯定の場合は二回、否定の場合は一回だけ光ってくれ」

　ピカピカ、と二回光った。ふむ。

「で、お前は御神木の種なのか？」

　ピカピカ、とまた二回光る。これだけじゃわからんな。否定させるような質問をしてみるか。

「実はそういう風に装った偽物で、俺達の生き血を啜《すす》ろうとか考えてないか？」

　ピカ、と一回だけ光る。ふむ。

「あの、ヒロ様。流石に失礼では」

「植物以前の種相手に失礼もクソも無くないか……？　まぁ良い、質問を続けよう」

　料理が蒸し上がるまでの間、御神木の種に色々と質問をしてみた。彼（？）から得た情報を纏《まと》めると、要は宙賊どもの船にレーザー砲だのマルチキャノンだのをバンバン撃ち込まれたせいで御神木は炎上、粉砕、その他諸々《もろもろ》のダメージを受けて致命傷を負った。何もしないでいると即死しかねないダメージだったそうで、それを免れるために残った力を使って核のような存在である種を安全な場所へと射出した。それを俺達が偶然回収したと。

「偶然だぁ？　本当にござるかぁ？　なんか細工して俺達が乗ってた航空客車を撃墜したんじゃな

かろうな？」

御神木の種がピカッ、と一回だけ光る。つまり否定したわけだが、信じて良いものかどうか。いや、イェンなんとかの羽が砕け散ったのは多分俺が原因だろうから、流石に疑い過ぎか？　しかしこの広大な森林でたまたま近い場所に俺達が墜落するなんてことがあるか？　しかもたまたま食料調達に出かけて、たまたまこいつを発見するとかどんな天文学的な確率だよ。

「ヒロ様、疑うのはもうそれくらいに……」

基本的にティニアはあの種野郎の味方なので、これがなかなかどうしてやりづらい。こいつが本当のことを言って――声は出ていないが――いるという証拠もないので、俺からの疑惑は全く晴れないんだが、考えてみれば植物の種相手に証拠もクソも無い。僅《わず》かばかりでも意思の疎通ができること自体が特殊過ぎるのだし、そもそもこいつはピカピカと光る以外のことはできないようだ。自力で移動すらできない。そんな奴《やつ》を疑い過ぎるのも確かに不毛かもしれない。

「……ティニアがそう言うなら」

「ありがとうございます。そろそろ料理も出来上がったでしょうから、いただきましょう。お腹《なか》が空《す》いていると怒りっぽくなると言いますし」

「そうだな、そうしよう」

確かにお腹が空いて神経質になっていたのかもしれない。そう思い直した俺は素直にティニアの言葉に従って昼食に勤《いそ》しむことにした。謎の発光体は放置である。

「ちゃんと蒸し上がったようです」

「ほう……これは美味《おい》しそうだな」

自然薯《じねんじょ》のようなジージョの輪切りとエリンギサイズのモコリダケのスライスに香草と塩で風味と味をつけた主食に、それとは別に蒸し上げた若いコキリの実が昼食の献立である。この他にはティニアが魔法で作り出した冷水で予《あらかじ》め冷やしておいた熟したコキリの実とミルベリーというピンポン玉くらいの大きさのブラックベリーのような果物がデザートとして用意してある。

「おお、これは美味しいな。ジージョはホクホクだし、モコリダケの旨みで味が引き立てられてる。香草の香りも良いし、塩加減も丁度良い。ティニアは料理が上手だな」

「ありがとうございます。葉を使った昔ながらの調理法は久しぶりだったので少し不安だったのですが、上手く出来て良かったです」

「蒸し上げたコキリの実も美味しいな……意外だ」

「コキリの実を甘くするには適度に摘果して栽培する実の数を調整するんです。その時に出る未熟果を使った料理と同じ要領で作ってみました」

考えてみればコキリもウリ科っぽい果物だし、未熟果や若い実はキュウリとかズッキーニに似たような性質になるのだろうか？　ただ蒸しただけの料理なのだが、ジューシーで仄《ほの》かな甘みもあり、そのままでも十分に美味しい。焼き茄子《なす》のように鰹節《かつおぶし》と醬油《しょうゆ》をかけるとさらに美味しいかもしれない。

「コキリの実とミルベリーも美味しいな」

「どちらも野生種なので少し甘みが弱いですけれど、美味しいですよね」

と、俺とティニアが和気藹々《わきあいあい》と食事をしていると、謎の発光体こと御神木の種が抗議でもするかのようにピカピカと明滅し始めた。食事の時くらい静かにできんのか、あの物体は。

「なんだよ煩《うるさ》いな。音はしないけど視覚的に煩いぞ」

「あの、ヒロ様。一応私達エルフの信仰対象なので……」

「それはそれ、これはこれじゃないか？　可愛《かわい》い子供だろうが尊敬する親だろうが無作法をやらかしたら注意するのが大人というものでは？」

「うぅっ、反論しにくい正論を」

ティニアが苦々しい表情で呻《うめ》く。別になんでもかんでも正論でぶん殴るような人間になりたいとは思わないが、流石にこれはな。とはいえ、この物体は何に抗議をしているというのか。別に何かものを食えるわけでもなかろうに。

「で、何が不満なんだお前は。お前も何か食いたいとでも言うのか？」

御神木の種がピカピカと光る。肯定らしい。しかし何を食うというのか？　勝手に発芽して根っこを生やして地面の養分でもなんでも好きに吸えば良いのでは？

「なぁティニア。アレは一体何を食うんだ？　水でもやれば良いのか？」

「ええと……伝承では英雄や巫女《みこ》が魔力を分け与えるとあったような」

「魔力ねぇ？　どうやって？」

「方法は伝わっていませんね……」

そう言って困ったように首を傾《かし》げる。ティニアがわからないなら俺にわかるわけもない。とりあえず飯を食い終わるまで放置だな。

☆★☆

「美味しかった。ご馳走様《ちそうさま》でした」

「お気に召していただけたようで何よりです」

食事を終えて片付けも終え、一息ついたところで不満げに光っていた御神木の種と向き合うことにする。向き合うと言ってもこいつのどの面が前なのかもわからんのだが。

「それで、お前も何か食いたいというわけだな」

ピカピカと二回光った。肯定ね、なるほど。

「何を食うんだ？　水でもかければ良いのか？」

ピカッと一回光った。水ではないらしい。

「俺達が食っていたような飯を食うわけじゃないんだよな。魔力とやらを食うのか？」

ピカピカ、ピカピカと二回肯定の合図が返ってくる。本当に賢いな、こいつ。普通の植物ではないということはわかったが、国際法というか銀河法的にはこいつはどういう扱いになるのだろうか？　知的生命体ということになるのか？　謎だな。

で、とにかく根気よく御神木の種にヒアリングをした結果。

「これでいいのか？」

「そのようです」

「わけがわからん」

椅子に座った俺が御神木の種を抱えていた。本当に抱えているだけである。犬か猫を抱っこでもするかのように、ただ抱えている。それだけなのだが、何故だか御神木の種は満足そうに長めの周期で明滅を繰り返していた。充電中の電化製品か何かのようである。

「はてさて、こいつへの対処はこれで良いとして……今日も今日とて待ちの一手か」

「そうですね。無理に動いても……？」

何かを言いかけたティニアの長い耳がピクリと動いた。異変か？　と考えて椅子から立ち上がり、レーザーガンを抜く。椅子の上に置いた御神木の種が抗議するかのようにピカピカしているが、無視である。

「ん？　この音は……」

聞き慣れた音だ、俺がそう言おうとした瞬間、上空に黒い影が過《よぎ》った。

「クリシュナだ。迎えに来てくれたのか」

狼煙《のろし》を見つけたのか、近くを飛んでいるようだ。だが場所の特定には至っていないらしい。そこそこの面積を切り拓《ひら》いたが、上空から見るとあまり目立たないのかもしれんな。

「こちらを見つけられていないようですが」

「こうすれば大丈夫だろう」

俺は上空に向けてレーザーガンを構えて発砲した。パパパパパッ、と連続で五条の赤い閃光《せんこう》が空へと向かって迸《ほとばし》る。少し間を開けてもう一度五連射する。狼煙よりはこちらの方がクリシュナのセンサーには引っかかりやすいだろう。

程なくしてクリシュナが上空に姿を現し、ゆっくりと降下してくる。うーん、こうして航宙艦の大気圏内での挙動を見てみるとなかなかに奇っ怪だな。航空力学？　何それ美味しいの？　と言わんばかりに空中で静止したり、姿勢を水平に保ったまま前後左右上下に自在に動いている。

それもこれも超高出力のスラスターがあってこそのものなのだろう。あと、やっぱり宇宙空間での機動に比べるともっさりとしているような気はする。重力の鎖というのはやはり馬鹿にならないな。

着陸パッドではないただの地面なので、オートドッキング機能は使えない。それでもクリシュナは危なげなく俺達が森の中に切り拓いた広場へと着陸した。操縦しているのはエルマだろうか？　メイの可能性も無くはないが、操縦の癖を見る限りは恐らくエルマだな。

降りてくる間に狼煙を上げていた穴に焚き火の残り火なんかも全《すべ》て放り込んでティニアの魔法で水をたっぷりかけてから土で埋めておく。森の中だからな。火の後始末はしっかりしておかないと。

火の後始末をしているうちにクリシュナが完全に着陸した。

そしてクリシュナのハッチが開くと同時に黒い影が飛び出してきた。

文字通り、弾丸のように飛び出してきたのである。そして飛び出してきた影はそのまま真っ直《まっす》ぐに俺の前に着弾した。ズドン！　という音を立てるのはもう着地とか着陸ではなく着弾だと思うんだ、俺は。

「ぐえぇ!?」

「ご主人様ご主人様ご主人様ご主人様」

「お、落ち着けメイ！　バグりかけてないか!?　ステイ！　ステイ！」

目の前に着弾した黒い影――当然ながらメイである――は即座に俺を力強く抱きしめてきた。い

くらメイのおっぱいがご立派で柔らかくても、こんなに力を入れられて抱き『絞め』られたら流石《さすが》に苦しい。

「申し訳ございません。取り乱しました」

スンッ、という効果音でも鳴りそうなくらいに突然冷静さを取り戻したメイが俺を一度解放し、すぐさま抱き締めてくる。今度は適度な力加減だ。うーん、落ち着く。なんでメイはメイドロイドなのに良い匂《にお》いがするんだろうか。永遠の謎だな。

「先を越されました！」

「いや、アレには敵《かな》わないでしょ……」

「ハッチが開いた瞬間に視界から消えてびっくりしたわ」

「メイさんも取り乱したりするんですね……」

「私とて感情を持つ機械知性です。取り乱すこともあります」

そう言いながらメイは無表情で俺の身体《からだ》をまさぐり、異常な箇所がないかチェックしているようだ。うん、触診でわかるような怪我《けが》は負っていないから――。

「脇腹《わきばら》に刺創の痕跡《こんせき》。怪我をされたのですか？」

「よくわかったな。航空客車が墜《お》ちた時に構造材が脇腹に――」

と言い終わる前に一瞬でメイに抱き上げられ、物凄《ものすご》い速度でクリシュナの医務室にある簡易医療ポッドにぶち込まれた。有無を言わせない実力行使である。

「別に何の後遺症もないんだが」

『救急ナノマシンによる治癒はあくまでも一時凌《いちじしの》ぎとお考えください。精密な検査が必要です』

そう言いながらメイがポッドにジャックインしてじっと俺を見つめてくる。あの、なんか簡易医療ポッドが聞いたことのない音を出しているように思えるんだけど、なんか仕様外使用とかしてない？　大丈夫？

『ご主人様は暫《しばら》くそこで安静にしていてください。諸々《もろもろ》の後始末は私が致しますので』

「はい」

簡易医療ポッドの外からそう言われたので、大人しく従っておくことにする。今のメイに逆らうのは危険だと俺の本能が警鐘を鳴らしているのだ。

「あぁ、ティニアには丁寧に対応してくれよ。彼女がいなかったら俺は死んでたかもしれん」

『承知致しました。委細お任せください』

推定宙賊のものと思われる襲撃は一体どうなったのか、何故《なぜ》エルフ達ではなくメイ達が助けに来たのか、色々と事情を聞きたいのだが、今は聞いてもきっと無駄だろうな。

そうしているうちに眠くなってきた。メイが簡易医療ポッドに鎮静剤か何かの投与を指示していたのだろう。昨晩は睡眠時間も短かったことだし、まぁ昼寝も悪くない。俺は睡魔に抗《あらが》わず、そのまま目を閉じることにした。色々と考えるべきことがありそうだが、今はとにかく寝てしまうとしよう。

☆★☆

目を覚ますと、寝る前と変わらずメイが簡易医療ポッドの外から中で眠る俺をじっと見下ろしていた。俺が起きたことを確認したメイが簡易医療ポッドを操作し、ポッドの蓋《ふた》を開けてくれる。

「おはよう、メイ」

「おはようございます、ご主人様。お身体の方は問題ありませんか？　目眩《めまい》や吐き気、頭痛などは？」

「特に無いな。快調だ」

「それはようございました。しかし、高所からの墜落となると、簡単には顕在化しないダメージを受けている可能性も十分に有り得ます。できるだけ早くちゃんとした医療施設で精密検査を受けましょう」

「了解。それで、状況は？」

簡易医療ポッドから起き上がり、ポッドに放り込まれる前にメイの手によって引《ひ》っ剥《ぱ》がされたいつものジャケットに袖《そで》を通しながらメイに聞く。脇腹の穴は塞《ふさ》がってるな。メイが繕ってくれたのだろうか？　いや、何着もある予備の一つかもしれんな。

「今は総合港湾施設に停泊しているブラックロータスに着艦しております」

「そうか。皆は？」

「休憩スペースでご主人様をお待ちになっています」

メイの返答を聞きながら小型情報端末で時間を確認すると、夕飯時——と言うには少々遅い時間だった。まぁ、でも腹が減ったし何か食うとするか。

「腹減ったからメシにするわ。まずは風呂《ふろ》だな」

「はい、お供致します」

「別に怪我なんて治ってるんだし、そこまで気を遣わなくても大丈夫――だけどうん、入ろうか」

「はい」

気を遣わなくても大丈夫、と言ったところでメイのテンションが下がったような気がしたので、方針を転換して一緒に入ることにした。メイは随分と俺のことを心配していたようだし、実際に助けに来てくれた。多少の我侭《わがまま》は聞いてやることにしよう。普段はこうして自己主張することも少ないしな。

そうしてブラックロータスの少し大きいお風呂でメイとしっぽりじっくり風呂に入り、食堂へと向かう。そうすると既に食事を終えたミミ達が食堂に集まってマッタリとしていた。例の御神木の種を膝《ひざ》の上に乗せたティニアもいる。

「あ、ヒロ様おはようございます」

「おはようと言うにはかなり遅い時間だけどな」

「まぁ、無事で何よりだったわ。墜落してからの話はティニアさんに聞いたわよ」

「そっか。皆には心配をかけたな」

「無事に戻ってきてくれたからええんやで」

「今回ばかりは肝が冷えました……お兄さんが無事で本当に良かったです」

皆が席を立ち、駆け寄ってきて無事を喜んでくれる。これだけでも生き延びて帰ってきた甲斐《かい》があるってものだな。実の所は墜落時の負傷が危なかっただけで苦労も少なかったわけだが。

「ティニアには本当に助けられた。傷を癒やしてもらったのも勿論《もちろん》だが、森で生き延びる術《すべ》を教えてくれたり、採取に同行してくれたりな。何より独りだったらどこかで心が折れていたかもしれん」

サバイバルにおいて一番気をつけなければいけないのは実はメンタルだったりするからな。絶望感に支配されてパニックに陥ったり、自暴自棄になったりするともうどうしようもない。独力で持ち直すのは不可能に近いので、ほぼ詰みである。

「私こそヒロ様には助けられてばかりでしたよ。ヒロ様が居なかったら救助が来るまで生き延びるどころか、最初の夜も越せなかったと思います」

そう言ってティニアが御神木の種を撫《な》でながら微笑《ほほえ》む。そんな様子を見たミミ達がニヤニヤしているのは……おい。

「ティニアの名誉のために言っておくが、手は出してないからな？　俺達は短い間だが互いに助け合い、手に手を取り合って生き延びたんだ」

「別に何も言ってないけど？」

「仲良くなったんだなぁって思ってただけですよ？」

「別にもう一人増えたところで部屋もまだまだ空きがあるしなぁ」

エルマとミミはともかく、ティーナは誤魔化《ごまか》そうともしないな。ウィスカもにこにこしているが、そういうのは無いからな。誤解しないように。

「というかだな。俺はそんなに手の早い男じゃないから。命の恩人にいきなり襲いかかる外道でもないから」

「そうかしら？」

「……エルマに言われると若干苦しい。でも、エルマはちょっと特別だからな」

「ふ――――ん？　まぁ良いわ！」

俺に特別と言われたのが思いの外気に入ったのか、エルマの機嫌がとても良くなった。代わりに、ミミが頰《ほお》を膨らませながら俺との距離を詰め、ぐいぐいと身体を押し付けてくる。どうどう、ミミも特別だから。

「皆さんはとても仲が良いのですね」

「せやな。何やかや言うても兄さんは結構うちらに気ぃ遣ってくれるから」

「メイさんも色々とケアもしてくれますから」

「つまり仲良く兄さんをシェアしとるのが円満の秘訣《ひけつ》ってわけやな」

俺はホールケーキか何かか？　まぁ別に構わんけれども。

「あー……それでアレだ。宙賊どもの情報は？」

ミミの頭を撫でながら聞くと、エルマが食堂に設置されているホロディスプレイを起動した。見てみると、どうやら俺達も巻き込まれた今回の一連の騒動についての特番をやっているらしい。画面にはちょうど真《ま》っ赤《か》な旗に黒いドクロが描かれた海賊旗――のようなエンブレムが表示されていた。

「やっぱ赤い旗《レッドフラッグ》だったか」

「声明は無いみたいだけど、船のエンブレムを見る限りはそうみたいね。大部隊で星系軍を引きつけて、少数でシータに降下して総合港湾施設を破壊。地上を蹂躙《じゅうりん》するつもりだったみたいだけど」

「そこにメイとブラックロータスが居て、作戦は大失敗と」

「そういうことね。恐らく、前の襲撃が失敗して潰《つぶ》れた面子《メンツ》を取り戻そうとしたんでしょうけど」

「ドツボにハマってんなぁ。まぁ、ブラックロータスは見た目非武装に見えるし、数で押し潰せると思ったのかね」

「そもそも、まだシータに残ってるとは思ってなかったのかもしれないけどね」

などと話していると、画面が切り替わって見覚えのある面々が表示された。各氏族の族長達だ。どうもニュースの内容を聞く限り、再度の母星襲撃に関して星系軍の不手際だと批判が殺到しているらしい。星系軍としては今回の襲撃は通常の襲撃規模を遥《はる》かに上回るものであり、警戒も厳にしていたからこそこの程度で済んだのだと主張しているようである。

今回の襲撃において宙賊側は超光速ドライブを取り付けた小惑星によるシータへの質量爆撃を試みており、そちらの対応に戦力を割かざるを得ずシータへの直接降下を阻むことができなかったのだという。

「どっかで見たような手口だなぁ」

「宙賊同士にも独自のネットワークがあるって話よ。成功体験は共有されたりしてるんじゃない？」

超光速ドライブを取り付けた小惑星による質量爆撃という手口は前に訪れたリゾート星系――シエラ星系でも見たんだよな。防御側としては絶対に小惑星を地表に落下させるわけにはいかないから、その対応に嫌でも手を取られることになる。

「で、それはそれとしてヒロの墜落の件に関してはローゼ氏族がグラード氏族を強く非難しているみたいやね」

早急な救助をするためにローゼ氏族が航宙艦での捜索を打診したが、テクノロジーアレルギーのグラード氏族がそれを拒否。自分達のケツは自分達で拭《ふ》くと航空客車と同じ原理で飛ぶ乗り物で救助をしようとしたが、ミンファ氏族がそれに待ったをかけた。事故車両を調査した結果、過剰な魔力によるオーバーロードを起こしていた可能性があり、同じ仕組みの乗り物だと同じ轍《てつ》を踏む可能性があると。

「そういや皆は大丈夫だったのか？」

「兄さん達の客車が落下した直後にうちらの客車の羽も半分砕け散ってしまったんよ。なんとか落ちずに済んだけど、生きた心地《ここち》しなかったわ」

「その車両を調査してミンファ氏族が待ったをかけたんですよね」

そうして早期の救助が必要なはずなのに初期対応に遅れが生じ、そのうちに赤い旗《レッドフラッグ》による襲撃が起こった。混乱の中で俺達の救助は遅れ、最終的にはキレたうちのクルー達……というかメイが周囲の制止を振り切ってクリシュナで出動。速攻で俺達を発見して連れ帰ってきたという顛末《てんまつ》である。

「政治だなぁ」

「本当に申し訳なく……」

「それで墜落したまま放置された方はたまりませんけどね」

ティニアが肩を落として小さくなり、ウィスカが苦笑いを浮かべる。

「ヒロ様が事前にサバイバルキットを用意していなかったら、保存食や水筒を用意していなかったらと思うとゾッとしますね」

「本当にあれは慧眼《けいがん》だったわね。まぁ、普通に考えると奇行以外の何物でもないんだけど」

「俺の中のゴーストが囁《ささや》いたんだ」

「トラブルに遭いまくって予想がつくようになっただけやろ」

「やめろ。そのストレートな物言いは俺に効く」

もはや何かに呪《のろ》われているのではないかというレベルでトラブルに見舞われているからな。一度お祓《はら》いとかしてもらったほうが良いんじゃなかろうか？　しかしこの世界だとどこでお祓いしてもらえるんだ？　エルフならそういうのもできそうだけど、あまりにガチすぎて逆に嫌な予感がするんだよなぁ。藪《やぶ》をつついて蛇が出てくる予感しか無い。

「で、結局俺達への対応はどうなるんだ？」

「はい。各氏族から連絡があり、明朝こちらまで出向いて謝罪させて欲しいとのことです。返事は保留してあります」

「謝罪を受け入れるってことで連絡しておいてくれ。ティニアも今日はうちで預かるとも」

「承知致しました」

そう言ってメイが頭を下げる。メイも風呂の中でじっくりと俺の身体《からだ》の様子を確認して幾分落ち着いたようである。しかし、謝罪ねぇ。

「まぁ、客として招待して、その途中で墜落事故なんか起こしたんだから謝罪するのが筋っちゃ筋か」

「事故の原因、兄さんかもしれんけどな」

「それはそれ、これはこれじゃないかな？　予測することは難しかっただろうけど、結果としてお客さんを危険に晒《さら》したんだから」

「担当の人災難やなぁ……リリウムさんも航空客車は絶対安全みたいなこと言うとったし、ほんとに安全な乗り物やったんやろね」

「お兄さんを乗せたばっかりに……」

「俺が悪いみたいな言い方はやめないか。確証はないし、予測できるはずもない」

「それはそうですね。とは言え我々の不手際には違いはないので……」

ティニアがそう言って苦笑いを浮かべる。

「落ちたことそのものは不幸な事故だったけど、まぁその後の対応はよろしくなかったよな」

「そうですね。普通はあんな森の奥深くで夜を迎えたらまず生き残れませんから」

「危険な動物に襲われることは結局無かったけど」

「多分ですけれど、短時間で縄張りの一角が消失したことに周辺の動物が怯《おび》えて逃げ出したのではないかと思います。殆《ほとん》ど更地にしましたから」

「なるほど」

いかに凶暴な動物でも自分の棲《す》み家《か》をものの一時間足らずで更地にしたヤツは怖いってことだな。確かに俺でも逃げるわ。

「でも、ティニアは俺と一緒に落ちて俺の命を救ってくれたわけだし、そこで功罪トントンにならないかな？」

「それは無理じゃない？　落ちた件に関してはそれで相殺するにしても、その後の対応でグダグダやって私達が救助に向かったわけだし。結局そのグダグダも全部グラード氏族が駄々をこねた結果だしね」

肩を竦《すく》めてエルマがそう言う。うーん、こういうところはドライというかなんというか。ティニアを前にしても歯に衣《きぬ》着せぬ物言いだな。救助がグダった件に関して一番怒ったのはメイだったのだろうが、当然エルマを始めとして他のクルー達もエルフ達のグダグダな対応には激怒したのだろうから、まぁ仕方ないか。ティニアはまた小さくなってしまっているが。

「でも、事故調査の結果、魔力？　のオーバーロードの可能性があるってことは判明したんだな」

「そうみたいやね。人を乗せる乗り物である以上は考え得る限りの耐久実験はしてると思うんよ。恐らく、あの羽みたいなのに大量の魔力を流してどれくらいまで耐えられるか、っちゅう試験をしたことがあるんやろね」

「その結果か、途中経過の中に今回起きたような現象が記録されていたんだと思います、私達の乗っていた車両の四枚の羽のうち後ろの二枚は砕け散っていて、前の二枚はヒビだらけになっていましたから」

「なるほどなー。まぁ、いずれにせよ故意ってわけじゃないし、俺の過失責任は無いだろう。無いよな？」

「せやね。うちらに魔法とか魔力とか言われてもようわからんもん」

「帝国内でサイオニック・テクノロジーに触れる機会なんて無いもんね。お兄さん自身もリーフィルⅣに来るまで自分の体質を知らなかったみたいだし、気をつけろって言う方が無理筋だと思う」

俺の言葉にドワーフ姉妹も頷《うなず》く。ならよし。いや、まぁこの件に関しては誰かしらが責任を取るのだろうから、その人にはご愁傷さまと言う他ないが。

☆★☆

結局朝までやることもない――というか、こんな夜中に外に出てもやれることもやることも無いので、俺達は大人しく朝まで時間を潰した。軽く身体を動かしたり、訓練をしたり、仮眠を取ったり、グラード氏族領の森から持ち出してきたモノの処分をしたりと、まぁ時間を潰そうと思えばやりようはいくらでもある。

で、軽く身体を動かしたのであの森から持ち出してきたモノを処分しようと思ったのだが。

「ヒロ様！　これは何ですか⁉」

「コキリの実っていうフルーツだな。甘くて美味《おい》しいぞ」

「これは⁉」

「ミルベリーっていうフルーツだな。ちょっと酸っぱいけど美味しいぞ」

「これは……？」

「モコリダケっていうキノコだな。焼いたり蒸したりすると美味しいぞ」

森で収穫してきた果物やキノコにミミが大興奮であった。騒いでいるうちに他の面子も集まってきたので、前に買ったきり埃《ほこり》を被《かぶ》っていた携帯調理キットを俺の部屋から引っ張り出してきてティニアと一緒に料理して振る舞った。全員で食べると大した量にはならなかったが、ミミは大層満足してくれたようだ。

「ヒロ様！　この光っているのも食べ物ですか⁉」

「多分違うんじゃないかな……もしかしたら食えるかもしれないけど。というかすげぇ眩《まぶ》しい」

目を爛々《らんらん》と輝かせているミミに抱えられた御神木の種が危険信号よろしくビカビカと明滅しまくっている。得体の知れない物体すら恐れさせるとは……ミミ、恐ろしい子！

「それを食べるなんてとんでもない！」

「だめ、ミミ、それはだめだから」

ティニアだけでなくエルマも食欲魔神と化したミミをなだめようとしている。なんでまた？　と思ったが、そういやエルマもエルフではあるものな。御神木がシータの住人達の信仰対象であることは知っているだろうし、この反応も当然と言えば当然か。

「あー……多分美味しくないからやめような」

「わかりました……」

「よ、良かった……」

御神木の種をミミから返してもらったティニアが種を抱きしめて安堵《あんど》の息を吐いている。御神木の種も安心したかのようにゆっくりと明滅してるのが興味深いな。やはりこいつ知的生命体なのでは？

「見てる分にはおもろいな」

「大変そうだけどね」

整備作業をする時に使う遮光ゴーグルを装着しながらことの成り行きを見守っている整備士姉妹が実にシュールである。そしてこんな時でも酒を手放さないのは流石《さすが》ドワーフといったところか。なんでも俺が行方不明の間は酒を絶っていたらしい。その分を取り戻すかの如《ごと》く片時も酒を手放さないのはちょっと凄《すご》いと思う。

「ところで、その玉みたいなのはなんなんですか？」

「エルフの信仰対象である御神木の種」

「へー……えっ⁉　私そんなものを食べようとしたんですか？」

「そうだよ」

「もっと早く言ってくださいよぉ……」

すまん。そこの酒飲み二人じゃないけど見てる分には面白くて。

「そいつの扱いはとりあえずティニアに任せるとして……そういやこいつがあったな」

森から持ち帰った荷物の中から壊れた救難信号発信ビーコンを取り出す。何の役にも立たなかったやつだな！

「まぁジャンク品入れに混ざらないように確保しておくか。旅先でメーカーの工場か代理店でも見つけたら持ち込むとしよう」

「わざわざですか？」

「より高性能な機種をお得な値段で買えるかもしれないしな」

ちょっとでかいが割引クーポン代わりになるかもしれない。置く場所には困ってないし、それ以外の使い途《みち》となるとジャンク品として二束三文で売り払うくらいしかない。まぁ結局忘れられて倉庫の隅で埃を被ることになりそうだが。

☆★☆

夜が明けてすぐにエルフ側から連絡が入って予定を調整した結果、朝の早い時間にグラード氏族長のゼッシュと他数名がブラックロータスまで謝罪に来るということで話が決まった。俺としては色々な意味で大事にはしたくないのだが、今回はメイを始めとしてクルー達がブチ切れている。まぁ、俺も思うところはある。だが、本格的に喧嘩《けんか》をしても何の得にもならないしな。場合によってはメイを止める必要があるかもしれない。

「メイ、抑え気味に、抑え気味にだぞ」

「はい、お任せください」

「俺は普通に謝ってもらえれば十分だから」

「承知致しました。必ずや連中を床に這《は》い蹲《つくば》らせて見せましょう」

「違う、そうじゃない。それは普通とは言わないから」

「一つ間違えばご主人様が帰らぬ人となっていてもおかしくない大事故です。しかも身内の争いで救援が遅れるという体たらくを晒した上、自分達だけで宙賊どもを退けることもできずご主人様の手を煩わせるなど言語道断。相応の謝罪が必要かと」

「俺の手を煩わせる？」

最後の台詞《せりふ》には覚えがない。俺は別に宙賊に何もしてないんだが。むしろ、やったのはメイだろう？

「私はご主人様の所有物です。リーフィル自治政府が不甲斐《ふがい》ないばかりに私がブラックロータスを使って宙賊を撃退せざるを得ない状況になったのですから、間接的にご主人様の手を煩わせたということになります」

「拡大解釈が過ぎないか、それ」

「私は一個の機械知性ではありますが、ご主人様の所有物です。つまり、私が行ったことはご主人様が行ったも同然です」

「それって、メイが万が一やらかして大事故を起こしたら、俺の責任になるってことだよな？」

「そうなりますね。そのような状況に陥る確率は無きに等しいですが」

メイがこの上ない無表情でそう言う。つまりメイは間違いなど起こさないと、そう言いたいわけか。それは本当だろうか？　割とちょくちょくやらかしているイメージなのだが。いや、やらかしていると言ってもちょっとしたすれ違い程度だから、そうでもないのか。必要と感じて敢《あ》えて隠していた結果、俺に怒られるみたいなことくらいだし。

そんな話をしながらメイと一緒に食堂で待っていると、どうやら謝罪に来たエルフ達が到着したようだ。休憩スペースへの案内はエルマとミミに任せている。しかし、エルフ達が到着する前にメイを宥《なだ》めようとしていたのだが、どうにもうまく行かなかったな。このままではメイの苛烈《かれつ》な口撃によってエルフがボコボコにされる未来しか見えない。

「とにかく、穏便にな。俺はエルフと喧嘩をするつもりはないから」

「寧《むし》ろあちらが喧嘩を売ってきているというか、謀殺でもしようとしているのではないかという状況ですが」

「極悪なまでに俺の運が悪すぎるだけだと思うよ……」

言っていて悲しくなるが、そうとしか思えない。俺の運が悪いことを見越して航空客車が墜落する——それを予測してグラード氏族が俺を謀殺するなんてのはいくらなんでも無理だろう。それこそ万象を見通す神の目でも存在しない限りは。それに俺にはエルフの誰かに謀殺されるような心当たりもない。メイは過剰反応し過ぎだと思う。

と、俺がメイに最後の説得を試みている間に何やら騒々しい気配が近づいてきた。なんだ？　取っ組み合いをしてるってわけじゃないが、妙に荒々しい雰囲気だな。

「貴様だな⁉　神聖な森に汚れた技術を持ち込み、土足で踏み荒らしたのは！」

エルマが食堂の入り口に姿を見せたと思ったら、そのエルマを横に押《お》し退《の》けて見覚えのないエルフが入ってきて、開口一番そんなことをのたまいよった。瞬時にメイから剣呑《けんのん》な気配が漂い始める。

オイオイオイあいつ死んだわ。

「……ワァオ、なんか凄いのが来ちゃったぞ――って待ってメイ。ステイ、メイ！　ステイ！　落ち着け！　クールになれ！」

前に出ようとするメイの手を掴《つか》み、全力で踏ん張って引き留めようとするが、悲しいかな。特殊金属繊維で作られた強靭《きょうじん》かつ強力な人工筋繊維と、特殊合金製の骨格による膂力《りょりょく》差は如何《いかん》ともし難い。

謝って！　鼻息の荒いエルフの人！　早く謝って！　そうじゃないと首をねじ切られても知らんぞ！

☆★☆

「本当に、申し訳ない。この通り謝罪する」

三分後、グラード氏族長のゼッシュが俺の目の前で土下座していた。一分前に俺に食ってかかってきたエルフはどうしたのかと言うと、俺がメイを必死に止めている間に現れたゼッシュ本人の手によって鞘《さや》がついたままの蛮刀が振るわれ、その一撃を後頭部に受けて昏倒《こんとう》。ゼッシュの目配《めくば》せによってお付きのエルフ達に連行されていった。

「いきなりのことでびっくりしたけど謝罪は受け取る。それでその、アレは何なんだ？」

「グラード氏族の中でも特に魔法の業に秀でた一族の長でな。わかりやすく言えば科学技術を毛嫌いしている連中の頭だ」

顔を上げたゼッシュが床の上に正座したままそう言う。ふん？　グラード氏族も一枚岩じゃないってことか？　まぁ、一つの派閥が完璧《かんぺき》に一致団結してるなんてことはそうあるものじゃない。珍しい話ではないか。

「……それがなんでここに？　そしてああいう行動に？」

「ローゼ氏族からの提案――つまり航宙艦によるヒロ殿達の送迎に関して断固反対した連中のまとめ役でな。奴《やつ》らの派閥による強硬な主張で航空客車を使うことになったのだ。その結果ヒロ殿達を危険に晒《さら》すことになったのだから、謝罪させるために連れてきたのだが……」

「それであの有様か？　本気で？　そんなことある？」

あれはどう見ても最初からいちゃもんつけてくる気満々だったんじゃないだろうか。少なくとも、謝ろうという態度ではなかったぞ。

「昨晩の時点では内心はどうあれ謝罪することに同意していたのだが、この船に着くなりあのざまでな。魔法で足止めをされてしまい、後れを取った。面目次第もない」

そう言ってゼッシュはもう一度額を床につけて謝罪をした。

まぁ、誠意は伝わってくるし、奴もゼッシュが自らの手で処断した。もしかしたらこの一連の出来事自体が芝居の可能性もあるが、そうであったとしても身内の派閥の頭を俺の前で本気で張り倒して、自らも床に額をつけるほど頭を下げたわけだ。これが芝居であったとしても、ここまでするなら許してやろうという気にはなる。

「食って掛かってきたアレに関しては……まぁ、グラード氏族が責任を持って何かしらの処分をするなら俺からはこれ以上は何も言わない。事故に関しては……予測は難しかったんだろうが、こちらとしても一歩間違えれば死にかけたってこともあるし、救出が遅れた原因がエルフ同士の内輪揉《うちわも》めによるものだってことも聞いている。聞いている以上、何らかの誠意は見せて欲しいとは思うな」

「もっともな話だ。私も逆の立場ならそう思う。いや、そう思うどころか寛大に過ぎるくらいだ」

「もう少し強く何かを要求されると思ったか？」

「正直に言えば、そうだ」

ゼッシュは素直に頷《うなず》いた。未《いま》だ彼は床に正座をしたままである。俺はソファに座ってるけど。

「面子を顧みずにあんたは頭を下げてくれたし、謝罪の場で予想外のトラブルがあったにせよそれもまたあんたの手で処断してくれた。その後の処分もしてくれるんだろう？」

「無論だ。謝罪の場で謝罪するべき相手にあのように食って掛かるなど話にもならん。必ず厳しい処分を下させてもらう」

「オーケー。それでな、俺からこれといった要求をしないのにはいくつか理由がある。まず、俺が何かを要求しようにも俺が欲しがるものをあんた達が持っているということはまず無さそうだというのが一つ。最先端のシップテクノロジーなんて持っていないだろう？　それに、例えばエネルを要求するにしても、今のところ困っていないし、どんなに請求したとしても今回の件じゃ数百万エネルがいいところだ。そうだな？　メイ」

「はい。賠償金は150万エネルから250万エネルがいいところかと」

150万エネルから250万エネルというメイの言葉を聞いてゼッシュの顔色が随分と悪くなる。うん、まぁなかなかの大金だよな。森で半ば自給自足で暮らしているというグラード氏族が払うにはかなり荷が重い額なのではないだろうか。

「それだってあんた達には大金なんだろうが、俺にとっては端金《はしたがね》——とまでは言わないが、一月もかからずに十分稼げる金額だ。もし金を請求したとしてもすぐに払える金額では無いだろうし、法的な手続きだなんだで相当な日数拘束されることになるのは目に見えてる。わざわざこの星に居座って延々とそんなことに時間を使うのは無駄にも程がある」

「なるほど。しかし何もしないというわけにもいくまい」

「それは勿論《もちろん》そうだな。何も出せるものがありませんから何もしません、許してねとか言われたら、流石に温厚な俺もブチギレて帝国の名誉貴族としての特権を振りかざしてしまうかもしれん。意味はわかるよな？」

「ああ」

顔色を悪くしたままゼッシュが神妙に頷く。ティニアにも俺が名誉貴族であるという話はしていたし、この星に降り立ってからもリリウムにそんな話をした覚えがある。ゼッシュは当然俺が帝国の名誉貴族であるということを知っているはずだ。

「調べてみましたが、貴方《あなた》達リーフィル星系の氏族長はリーフィル自治政府内の役職者に相当しますが、帝国臣民法の扱いの上では平民です。つまり、ご主人様は貴方達氏族長全員を帝国臣民法及び貴族法に認められた権利の名の下に斬ることが可能です。無論、比喩《ひゆ》的な意味でなく物理的な意味で」

「メイ、流石《さすが》に脅し過ぎだしそこまではやらないからな……とにかく、常識的な範囲内、かつ極力金以外のもので何か詫《わ》びの気持ちを示してくれれば良い。良い宿とか、山海の珍味とか、旨《うま》い酒とか、女性陣に何か綺麗《きれい》な宝飾品や服だとかな。そういうので十分だ。それだって150万エネル分用意しろとかそういう事は言わないから。センスよく適当に頼む」

「それは難題だな。だが、承知した。我々なりに償いをさせてもらおうと思う」

「そうしてくれ。あ、いくら俺が女好きに見えてもそっち方面のサービスは間に合ってるからな」

「そちらも承知した」

ゼッシュが重々しく頷く。よし、これでまた新しくクルーが増えるような事態にはならないだろう。いざとなればゼッシュにこう言ったことを盾にして断れば良い。

「じゃあ謝罪と償いについてはそんなところで。ティニア」

「はい」

少し離れた場所で待機していたティニアが俺に呼ばれてこちらへと歩いてくる。今までも視界には入っていただろうが、娘が自分の足で元気な様子で歩く姿を見てゼッシュも安堵《あんど》したようだ。

「ティニア……」

「父上、この通り私は無事です。墜落の際にはヒロ様が身を挺《てい》して守ってくださったお陰で傷一つありませんでしたし、ヒロ様のお陰で森の夜を安全に過ごすこともできました」

「助けられたのは俺も同じでな。墜落した際に致命傷に近い傷を受けたのをティニアは魔法で治してくれたし、森で安全に行動するための助言をしてくれた。でも、これはあくまでも俺とティニアとの間の貸し借りの話だから……」

チラリとメイの方に視線を向けてみるが、断固として首を横に振っていた。つまり、これを理由にグラード氏族の過失責任やら何やらを軽減するのは論外ということだ。

「ただまぁ、悪いニュースばかりじゃない。まぁとっくに目に入っていると思うけど」

俺が視線を向けた先——ティニアの胸元にはアメフトボールほどの大きさの発光体が抱えられていた。なんだか荘厳な雰囲気でも漂わせるかのように俺達の視線が集まった瞬間に光量を増している。眩《まぶ》しいからやめろ。

「墜落地点のすぐ近くで発見したんだ。大層なモノらしいな？」

「それは、もう、本当に」

俺に土下座で謝罪した時と同じか、それ以上に真剣な表情でゼッシュが頷く。その視線はティニアが胸元に抱えている御神木の種に釘付《くぎづ》けである。

「ティニア、お前がそうなのか？」

「いえ、父上。ヒロ様です」

「なんと！　しかし、そうか……これほどの力の持ち主であれば当然と言えば当然か。となると、お前が巫女《みこ》に？」

「はい」

二人が何か意味深なやり取りをしている。何だね君達。俺を置いてけぼりにして何か俺に関わる重要そうな話をするのはやめないか？

「すまないが何の話をしているのか教えてくれないか。ちょっと嫌な予感がするんだが」

「ああ、話すと長くなるんだが……つまり、御神木の種の養育の話なのだ」

「種の養育ぅ？」

あまりに予想外の話が出てきて思わず聞き返してしまう。そんなもん勝手に引き取って土にでも埋めて水でもやっていればいいんじゃないのか。

「今代の御神木の被害は甚大で、今にもその命脈は尽きかけている。それで御神木は新たな種を用意した。それがティニアが抱きかかえているものだ。そこまでは良いか？」

「そこまでは聞いたな」

「うむ。それで、御神木の種を発芽させるためには大量の魔力を捧《ささ》げる必要がある。そのために御神木の種は最も魔力の強い者の下に姿を現すという伝承があるのだ。御神木の種を守り、魔力を与える役目を負うその者のことを守護者と呼ぶ」

「おい」

「つまり、ヒロ殿は御神木の種に守護者として見出《みいだ》されたということになる」

「ティニアじゃなく？　俺？」

「はい、間違いありません。御神木の種もそう言っています」

「言って？」

「はい。少しずつですが、こうして抱えていると意思疎通ができるようになってきました」

「なにそれ怖い」

精神を侵食同化とかされてるんじゃないのか、それは。

「具体的にその守護者というのは何をするんだ？」

「定期的に種に魔力を与えて、発芽するまで守る義務を負うことになりますが……ヒロ様はエルフではありませんから。無理強いは……」

「無理強いされても困るが……そんなに長く滞在する予定はないし」

「しかし守護者を放棄するなど前代未聞で……いや、エルフでない者が守護者として選ばれること自体が前代未聞だが。どうにか引き受けていただけないだろうか？」

そうだそうだと言わんばかりに謎の発光物体もとい御神木の種もティニアの腕の中でピカピカと光る。

ええ？　なんだか面倒なことになったなオイ。

「……もう少し詳しく話してくれ」

「ああ、わかった。少し長くなるが……」

ゼッシュの話を要約すると、この御神木の種とやらは時代の大きな変わり目が訪れると御神木が自ら生み出すもので、これを発見し、守護者となった者は英雄としてその力を大いに振るうことが運命づけられているとかなんとか。

「選定の剣かよ……」

似たような逸話は地球にもあった。アーサー王が抜いたという岩に刺さった剣、北欧の英雄シグムンドが林檎《りんご》の樹《き》から抜いた魔剣なんかが有名だ。他にも類型の話はいくつもある。選ばれし者に与えられ、それを得た者に絶大な力を与え、武勲と名誉と破滅を齎《もたら》す。

「特級の厄い物体じゃねーか。やっぱ要らんから引き取ってくれ」

「いやいやいや、これは物凄《ものすご》い名誉なことなのだぞ⁉」

そうだそうだと謎の発光物体もとい御神木の種もとい特級厄物が明滅する。

「騙《だま》されんぞ！　どうせ見出された奴《やつ》は絶大な力とか名誉とか武勲とか得る代わりに碌《ろく》な死に方をしないんだろ！」

「そ、そのようなことは……うん、ない。ないぞ？」

「嘘吐《うそつ》くならもう少し上手《うま》く吐けや！」

弱々しげに明滅する特級厄物とゼッシュを怒鳴りつける。

「そもそも、俺は用事が済んだらこの星からおさらばするからな。というか今すぐおさらばしたくなってきた。特に用事はないよな？　よし、行こう。すぐ行こう。今行こう」

「待て待て待て待て！　待ってくれ！　ヒロ殿が種の守護者であるという事実も一度持ち帰って対応を考えなければならない。どうか数日で良いから時間をくれ！」

ゼッシュが再び頭を下げて頼み込んでくる。

「それに詫びの品を用意するのにも時間がかかる。手配と運送で少なくとも三日、できれば一週間は欲しい。その間の宿泊ともてなしについてもこちらで全《すべ》て手配する、何卒《なにとぞ》頼む」

「ぐぬぅ……」

ここまで頼み込まれると……いや、ここで妥協するのは良くない。こういうパターンで今まで何度厄介事に巻き込まれたと思っているんだ。ここは毅然《きぜん》とした態度で——。

「ヒロ様、そこまで気にしなくても大丈夫じゃないでしょうか？」

いつの間にか休憩スペースに戻ってきてゼッシュの話を一緒に聞いていたミミの言葉に思わず顔

を顰《しか》める。どうしたんだミミ、まさかもてなしとやらに心を惹《ひ》かれたのか？

「……そのこころは？」

「えっと……」

ミミが言いづらそうに目を逸《そ》らす。なんだ？

「御神木の種があってもなくても結局いつもと同じなんじゃないか、って……」

「……」

ミミの言い分に思わず沈黙する。どうせトラブル体質なんだから、トラブル体質というか英雄の資質的なアレを付与する特級厄物を持っていても一緒じゃないかと。そういうことですかそうですか。

「そうね」

「せやな」

「ええと……残念ながら私もそう思います」

「ご主人様。毒を食らわば皿までという言葉もございます」

「嫌だよ！　そもそも毒を食らいたくないって話をしているんだよ俺はっ！」

俺は必死に抵抗したが、結局あと一週間ほどシータに滞在することに相成るのであった。畜生め。

#8：ウィルローズ本家の人々

結局、俺達は総合港湾施設の近くにある旅館——最初に歓迎の宴《うたげ》を開いてもらった宿——に暫《しばら》く滞在することになった。上《あ》げ膳《ぜん》据《す》え膳《ぜん》で最初に来た時よりも更に丁寧な対応である。気分は王様かお殿様といったところだ。

それだけなら何の不満もない。その筈《はず》だったのだが、まずどこから嗅《か》ぎつけたのか早速シータのマスコミが俺に取材を申し込んできた。当然ながら拒否である。シータの三氏族長が首を縦に振ろうとも俺は首を縦に振るつもりはない。そう断言したら遠距離からカメラやドローンで俺の様子を監視でもするかのように盗撮し始めやがった。

これでは休まるものも休まらないと早速三氏族長にクレームを入れることになった。というか、俺は正式な貴族ではないものの、立場的には名誉子爵様である。そのプライベートを隠し撮りとか許されると思ってんのか？　お？　と三氏族長経由でマスコミを軽く脅したらパッタリと取材という名の盗撮は鳴りを潜めた。貴族特権ってすげー！

「しかしなんというか、ティニアも馴染《なじ》んだよな」

「そう、でしょうか？」

膝《ひざ》の上に御神木の種を乗せ、一緒にトランプで遊んでいるティニアが首を傾《かし》げる。最初に出会った時と比べると大分馴染んだと思うぞ、俺は。なんだかんだでミミ達と寝食を共にしているからだろう。それに、彼女はシータの事情にも通じており、博識で親切な女性だ。

「ティニアさんは私達と同じですからね」

「そうね、ヒロに窮地を救われた女の集い的な？」

「うちらも同じような感じやな」

「クリスティーナ様も同じ枠ですよね。セレナ様もかな？」

その括《くく》りで言うならショーコ先生もそうだろうな。皇女殿下とかはちょっと違うだろうけど。セレナ中佐は……微妙なラインだが、どっちかというとその集いに入れそうな気がする。

まぁ、なんというかアレだ。つまるところはうちのクルー達としてはお客様というよりは身内という括りに入ったのだろう。俺としては微妙に反応に困るが。

「ところで、閉じこもっているのもなんだしちょっと出かけないか？」

「出かけるってどこに？　シータを離れるのは駄目よ？」

俺の手札からジョーカーを引いたエルマが表情を一切変えずに手札をシャッフルし、隣のミミに差し出す。エルマはこのババ抜きが始まってから普通の札を引いてもジョーカーを引いても必ず手札をシャッフルしているので、この行動だけでジョーカーを引いたかどうか判断できないんだよな。

「どこにってローゼ氏族領だよ。時間もあるわけだし、この機会にウィルローズ本家に顔を出したほうが良いんじゃないか？」

「あー……それはそうね。このゲームが終わったら連絡を入れておくわ」

「連絡先を知っているのか」

「リリウムに聞いておいたのよ」

そう言って肩を竦《すく》める。なるほどね。ちなみに、ババ抜きはミミが負けた。ミミは表情を隠すのが下手《へた》だからな。

そしてエルマがウィルローズ本家に連絡を取ると、今からでも良いという話だったのですぐに出発することにした。即決即断。フットワークの軽さは傭兵《ようへい》ならではといったところである。

「あの、私も一緒で良いのでしょうか……？」

御神木の種を膝の上に乗せてサブオペレーターシートに座ったティニアが申し訳無さそうに聞いてくる。保守派というか自然信奉派のグラード氏族長の娘としては革新派、もしくは科学信奉派のローゼ氏族の土地に乗り込むのは気が引けたりするのかね？

「俺と離れるわけには行かないって話だし、良いんじゃないか？　向こうがなにか文句とか嫌味とかを言ってきたら俺が相手になるから心配しなくていいぞ」

「……はい」

俺の返事を聞いたティニアが頬《ほお》を少しだけ赤く染めて微笑《ほほえ》む。

「出たで。兄さんの天然女殺しが」

「不意を打ってくるよね」

「君達うるさいよ」

サブシートを専用のツインシートに換装し、しっかりとシートベルトを締めた整備士姉妹がからかってきたので一喝しておく。別にそういう意図で言ったわけじゃないんだ。単に、なんというか今のティニアは俺の保護下にあるようなものだから。そんなティニアに突っかかってくるなら受けて立つってだけの話だ。

「メイさん、大丈夫ですか？」

「私なら問題ありません」

メイは座るシートが無いので、コックピットの出入り口の辺りで立ちっぱなしである。休憩室の椅子を勧めたのだが、問題無いの一点張りで譲らないので彼女の意思を尊重することにした。

実際のところ、メイならクリシュナで戦闘機動を取ってもそのまま微動だにせず立っていそうな気はする。だってメイだし。

「さーて……行きましょうかぁ」

「あまり気が進まなそうな感じだな？」

「そりゃねぇ……あの人達にとっては私は可愛《かわい》い可愛いエルマちゃんのままなのよ。もう子供じゃないのに」

ああ、これは多分連絡した時に何か言われたんだな。まぁ気乗りしなくても無視をするわけにもいかないのだろうから、諦《あきら》めような。

☆★☆

ローゼ氏族はリーフィルⅣ――シータにおいて革新派、科学信奉派、先進派などとも呼ばれる人々の集まりだ。彼らがそう呼ばれるようになったのはグラッカン帝国の開闢帝《かいびゃくてい》が帝国の版図を拡大するために陣頭指揮を執っていた時代まで遡《さかのぼ》り、当時は正に滅亡寸前の弱小氏族であったという。
宇宙から降り立った開闢帝陛下は絶望的状況でも不屈の意志を貫こうとするローゼ氏族の心意気

にいたく感動され、当時エルフを脅かしていた『魔族』と呼ばれていた種族を残らず殲滅《せんめつ》し、ローゼ氏族を始めとしたエルフ達を自らの覇道の供として宇宙へと誘《いざな》った、と。

「というわけで、われわれローゼ氏族のれきしはグラッカン帝国とともにあるといってもかごんではないのだ」

「なるほどなー」

適当に相槌《あいづち》を打ちながらうんうんと頷《うなず》いておく。そんな俺の横でドヤ顔をしているのはエルフの幼女である。ウィルローズ家のご当主……の末娘で、御年十八歳のピチピチのギャルであるらしい。

確かにピチピチだわ。見た目幼女だもの。

「ウィルローズ家も歴史とでんとーをおもんじるので、開闢帝へーかのように外からきてわたしたちを助けてくれたきゃぷてん・ひろには特別なものをかんじているわけなのだよ」

「それはどうも」

話している内容はお堅い感じなのに、話しているのが幼女なので舌っ足らずな感じになっているのが妙な面白さを感じさせる。これがじじいやおっさんだったら一ミリも興味が湧かない内容だったので、やはり話し手というのは大事だよな。

ちなみに、俺の現在地はローゼ氏族領内にあるウィルローズ本家である。ビルというか高層マンションのような構造体一つがまるまるウィルローズ本家の持ち物で、今はその屋上にある庭園のような場所で歓待を受けているところだ。ドヤ顔エルフ幼女に。

「さぁ、次はきゃぷてん・ひろの番だぞ。外のはなしをしてもらおうか！」

「えー？　どんな話が良いかなぁ……それじゃあ帝都の話でもするか」

「おお！　華のていと！」

目を輝かせるエルフ幼女に惑星全体が構造物で覆われているエキュメノポリスである帝都の話をしていると、げっそりとした表情のエルマがふらふらとこちらへと歩いてきた。

「逃げ出してきたのか？」

「もう勘弁して……」

何故《なぜ》彼女がこんなに憔悴《しょうすい》しているのかというと、ウィルローズ本家の女性達に俺との仲をそれはもう根掘り葉掘り聞き穿《ほじ》られた挙げ句、帝都ウィルローズ家の家族と一緒に幼い時分にシータを訪れた際のホロ映像を盛大にぶちまけられたからである。

「おー、いちゃいちゃしてる」

エルマが俺の膝の上に頭を乗せて不貞寝し始めたのでその頭を撫《な》でてやったのだが、それを見たドヤ顔エルフ幼女が目をキラキラさせている。

「もう、エルマちゃん！　勝手にいなくなって……あらあらあらあら」

エルフのお姉様が現れた！　エルフのお姉様は仲間を呼んだ！

「「「あらあらあらあら」」」

エルフのお姉様達が現れた！　もう許してやれよ。ほら、エルマが俺の膝に顔を埋《うず》めて心を閉ざしちゃったじゃん。

「サルマも仲良くなったの？」

「ヒロくん、サルマも連れて行ったら？　もう二十年もすればこの子もエルマちゃんに負けないくらい美人になるわよ？」

「間に合ってますから」

「わたしじゃだめなの……？」

「だめです。泣き落としには屈しないぞ」

「ちっ」

舌打ちしたぞこの幼女。いや、幼女って言っても十八歳だからな。見た目に騙《だま》されてはいけない。どんなに見た目が幼くても彼女はちゃんと歳《とし》相応の知識と理性を持ったレディなのだ。

「あんなに沢山女の子を連れて歩いているからガードが甘いのかと思いきや、意外と本人のガードが固いわね」

「ドワーフの子達には手を出してないって話だし、サルマの見た目が駄目だったんじゃない？」

「むぅ、ねえさま達とちがってぴちぴちぼでーでしょうらいせいもばつぐんなのに」

「サルマー？」

「んあーっ!?　あいあんくろーはらめぇ！」

エルフ幼女がエルフのお姉様にアイアンクローを食らって悶《もだ》えている。俺は一体何を見せられているんだ。

まぁ、なんと言えば良いのだろう？　ウィルローズ本家の人々は実にフレンドリーというかなんというか、初手から割と距離感がゼロに近い人々であった。

「エルマちゃんは勿論《もちろん》のこと、ヒロ君のことも他の子のことも帝都ウィルローズ家からよく聞いていたし、ホロも送られてきていたからあまり他人という気がしないのよねぇ……馴《な》れ馴れしく感じさせちゃったらごめんね？」

「よそよそしいよりはずっと良いですよ」

「むしろヒロくんのほうがよそよそしいものね」

屋上庭園の長椅子に座っている俺の後ろに回り込んだエルフのお姉様がそう言って俺の両肩に手を置き、耳元に顔を近づけて囁《ささや》く。くっ、すごく良い匂《にお》いがする……！

「恥ずかしがらずに甘えていいのよ？　飴《あめ》ちゃんいる？」

「サルマとそんなに年齢が変わらないのにしっかりしてて可愛いわねぇ」

「わたしもしっかりしてるし。まけてないし」

しまった、また囲まれてしまった。

俺がエルフ幼女ことサルマと二人で屋上庭園の隅っこにいた理由とはこれである。なんというか、エルフのお姉様達の可愛がりが凄《すご》い。まるで幼い子供に接するかのように俺に接してくるのだ。

いや、エルフの寿命を考えれば納得はできる。彼女達の年齢は知らないし、詮索《せんさく》する気も無い。だが俺よりは確実に歳上であろう。何せ全員がエルマとそう変わらなく見える妙齢の女性達なのだ。彼女達からすれば三十路《みそじ》に届きすらしない俺なんぞ子供も同然なのだろう。

ちなみに、今このウィルローズ本家には男性がいない。ウィルローズ本家の男性達はお婿さんも含めて星系軍所属の人ばかりであるらしく、宙賊どもの対処に追われてここ一ヶ月ほどは家に帰ってこれていないらしい。南無。

と、エルフのお姉様達に囲まれているとチャイムのような音が庭園に鳴り響いた。

「あら？　お客様かしら？」

「おかしいわね。ヒロくん達以外に来客の予定は無かったと思うんだけど……えっ。ええ、お久しぶりです。今日は——なるほど。私の一存では決められませんね。彼に判断を仰ぎますので、少々お待ちを」

小型情報端末で来客応対をしていたエルフのお姉様——確か当主の奥方だった筈《はず》——が俺に視線を向けてきた。

「ヒロくん。ミンファ氏族長のミリアム様とご子息のネクト様が貴方《あなた》を訪ねていらっしゃったのだけれど、お通ししても良いかしら？」

「……俺が拒否するとウィルローズ本家的にはちょっと困りますよね？」

「それは気にしなくて良いわよ。アポ無しで来たあっちが悪いのだもの」

「余計な波風を立たせても良い事は無いと思うんで、お姉さん達が良いなら俺もＯＫってことで」

「わかったわ。ヒロくんは良い子ね。うちの子にならない？　私は駄目だけど、選《よ》り取り見取りよ？」

「間に合ってますんで」

そう言って俺の膝《ひざ》に顔を埋めて不動の構えを取っているエルマの頭を撫でておく。そんな俺とエルマを見て奥方は笑みを深くした。納得してくれたってことでいいのかな？

☆★☆

「こうして意識がある状態でお会いするのは初めてですね。ミンファ氏族長ミリアムの子、ネクトです。どうもその節は本当にお世話になりました」

輝くような金髪が眩《まぶ》しい爽《さわ》やかイケメンである。物凄《ものすご》いイケメンなのに気障《きざ》ったらしいところもなく、好感の持てる青年だ。

「快復したようで何よりだ」

「お陰様で。正直に言うとあの船の中の記憶は殆《ほとん》どないんですが、貴方の助けが無ければ私は命を落としていたと聞いています。本当にありがとうございました」

そう言ってネクト氏が頭を下げる。うん、こうして素直に感謝されると気持ちが良いな。多分自然とこういうことができる辺りが爽やかイケメンを爽やかイケメンたらしめる所作というものなのだろう。

「それと、先日は母がすみません。人伝《ひとづて》に聞いたのですが、無理を言ってご迷惑をおかけしたと」

「別に無理は言っていない。ヒロ殿が望むなら修練の場を整えると言っただけ」

爽《さわ》やか金髪イケメンの横で金髪糸目の美人エルフ——ミンファ氏族長のミリアムさんが不満げな声を上げる。こうして見ると隣の爽やかイケメンの母親とは思えないほど若々しいな……エルフって凄い。

「早速ですが、こちらは手土産です。よろしければ召し上がって下さい」

そう言ってネクトが金属製の大型アタッシュケースのようなものをテーブルの上に置く。なかなかの圧迫感だ。

「少し耳に挟んだのですが、ヒロ殿は珍しい飲み物を探しているとか」

「ああ、うん。まぁ探しているものは無かったんだけどな」

思わず遠い目になる。大手の飲料メーカーの人が知らなかったなら、この星にコーラ的なものが出回っているということはまずあるまい。

「実は、ミンファ氏族領で一般には出回っていない薬湯というのが色々あるんですよ。グラード氏族領に近い地域に住んでいる人達──その中でも特に薬草師や薬師と呼ばれる人達が作っている健康飲料のようなものです」

「……ほう？」

俄然《がぜん》興味が湧《わ》いてきた。確かコーラの原点はそういった地方の医者みたいな人達が作った健康飲料──ルートビアだった筈だ。流通経路に乗っていないローカルドリンクとしてコーラになる前のルートビアが隠れている可能性は十分に有り得る。

「過去のコンテストで評判の良かったもののレシピや、去年のコンテストで優秀作品とされたものの現物をいくつか用意してきたのですが……」

「グッジョブ、マイフレンド。早速試飲しようじゃないか。ああ、良ければ俺達の船に来るか？航宙艦に乗ったことってあまり無いだろう？　良ければ遊覧飛行にもご招待しよう。望むなら宙賊狩りツアーに連れて行ってもいいぞ」

ネクト君は良い奴《やつ》だな！　え？　態度が露骨？　そりゃそうだよ。俺は聖人君子でも清廉潔白な政治家でもなんでも無いんだから。ローカル飲料の試飲、楽しみだな！

三十分後。

「……」

「兄さん、おもろい顔になってんで」

「まぁ、こんなもんよね」

ネクト君が持ってきたローカル飲料は、まぁなんというか非常に薬臭いものが多かった。いや、だがそれっぽさはある。何かこう、萌芽《ほうが》のようなものは感じる。だがまだあの味に、世界的清涼飲料水であるあの味にはまるで至っていない。入り口に僅《わず》かに指先が引っかかっているようなものだろうな、これは。

「お気に召さなかったようで」

「いや、うん。そういうわけじゃない。現実に打ちのめされただけだ。でも、これとかこれ辺りは少し手を加えれば美味《おい》しく飲めそうだな。清涼飲料水メーカーにちょっとしたコネがあるから、顔を繋《つな》ごうか？」

「ふむ……そうですね。レシピ保持者も交えて話をしてみます」

「そうするといい」

清涼飲料水メーカーで話をした商品開発部の人の連絡先を教えておく。ついでにメイに指示して彼に予《あらかじ》めメッセージを送っておいてもらう。いきなりミンファ氏族長の息子から連絡が来たらびっくりするだろうからな。

「これが御神木の種……素晴らしい」

俺がネクトの持ち込んだ薬湯を試飲している間、ミリアムさんはティニアが抱えている御神木の種を存分に観察していた。何やらタブレット型端末を片手にスケッチだとか、ティニアを介して質疑応答だとかをしていたようである。

「ところで、守護者殿はちゃんと種に魔力を注いでいるの？」

「時間のある時にティニアみたいに抱っこしてるけど」

「それでは効率が悪い。御神木の種自体に触れた者のマナを吸い上げる能力はあるようだけれど、自分で送り込めるようになればより早い成長を促すことができる。魔法の修練をお勧めする」

「いや、それは……」

「結果的に御神木の種に関わる時間も短くなる。結局は貴方の意にも沿うと思う」

ううむ、流石《さすが》はエルフの三大派閥のうちの一つを纏《まと》める長。話の持って行き方というか、俺のメリットと自分のメリットを重ねて説得するのが上手《うま》い。

「オーケー、わかった。やってみよう」

「決断が早い。流石はプラチナランカー」

☆★☆

そんなに時間をかけるつもりはないから、ということで俺とメイ、それとティニア、ネクト、ミリアムさんというメンバーで魔法の修練とやらに行くことにした。他のメンバーは引き続きウィルローズ本家で交流を深めてもらうことにする。

「すごい。氏族長の私でも傭兵《ようへい》の船に乗るのは初めて」

「これは貴重な体験ですね」

ネクトはサブパイロットシート、ミリアムさんはオペレーターシート、ティニアがサブオペレーターシートに座り、メイはローゼ氏族領に来た時と同じく立ちっぱなしというスタイルで修練場へと移動する。

「座標は了解したが……なんだか随分と鄙《ひな》びた場所というか、有り体に言って僻地《へきち》じゃないか？」

「それは仕方がない。ヒロ殿がその身に秘めた力はあまりにも膨大。魔法に目覚めた時に何が起こるかわからないから」

「えっ、なにそれ怖い。魔法に目覚めた途端爆発して消し飛ぶとか嫌なんだけど」

「本人が吹き飛ぶことはないから大丈夫」

そう言ってミリアムさんがにっこりと笑うのだが、糸目なので本当に笑っているのか口だけ笑っているのかがわからない。本当に大丈夫なんだろうな……？

不安に思いつつも船を飛ばし、指定の座標――だだっ広い空き地のような場所へと着陸する。

「ここは？」

「ミンファ氏族の魔法演習場。人里から離れているから、大魔法や儀式魔法の試し撃ちをするのに使っている」

そう言ってミリアムさんが先陣を切ってクリシュナから演習場へと降りていく。多分地頭が良いというか、観察力が高いんだろうな、あの人は。俺が何も教えなくてもクリシュナのハッチとタラップを操作しやがったぞ。

「すみません、母はああなると手に負えなくて……」

「止められる人は？」

ネクトは申し訳無さそうな表情で首を横に振った。

「残念ながら。父は入婿でちょっと立場が弱いですし……姉なら止められるんですが、星系軍で働いているので今はちょっと」

「へぇ、ミンファ氏族なのに星系軍に？」

「うちはグラード氏族ほどテクノロジー嫌いでも、引きこもり気質でもないですから。半分とまでは行きませんが、二割から三割くらいの人はローゼ氏族の人達と同じように宇宙に出ていますよ」

「耳が痛い話です」

「ティニアはそんな事ないだろう？」

「そうですね。今となっては特にそうです」

ネクトとティニアが割と気安い感じで話をしている。そういえばこの二人は結婚する予定だったんだよな。宙賊の襲撃がなければ。今はどういう状態になっているんだろう？　ちょっと気軽に聞くのは躊躇《ためら》われるな。

「ここに座って」

ネクトとティニア、それに無言で俺達の後ろをついてくるメイと一緒にミリアムさんを追いかけていくと、そこには座るのに丁度良さそうな平らな岩があった。自然石にしてはなんというか、いかにも誂《あつら》えたかのような……？　まぁ良いか。魔法の習得をすると決めた以上は師となるミリアムさんの言うことを素直に聞くとしよう。

「それでいい。ティニア、御神木の種をヒロ殿に」

「はい」

ティニアは特に躊躇《ちゅうちょ》することもなく岩の上で胡座《あぐら》をかいた俺に御神木の種を手渡してきた。これも素直に受け取って胡座の上に置き、手を当てておく。俺の手が触れて心地《ここち》良いのか、御神木の種が長い間隔で明滅を始めた。

「今、触れている部分を通してヒロ殿の身体《からだ》から御神木の種に力が流れている。それを知覚するのが第一段階」

と、言いながらミリアムさんはポーチから何かの装置を取り出して起動した。んん？　パーソナルシールド？

「何故《なぜ》シールドを？」

「ヒロ殿が魔法を習得した瞬間、その力が暴発する恐れがある。防御策を講じるのは当たり前のこと」

「ミリアム様、私はシールドの外で待機します」

「危険だと思う」

「ミリアム様達の陰に立ちますので」

強硬にそう主張し、メイがシールドの外に出た。多分だが、何かあったら俺を助けるためにすぐ動けるようシールドの内側に留《とど》まることを避けたのだろう。俺とミリアムさん達との距離は10ｍも無いから、メイであればミリアムさん達が張っているシールドの陰からでも一瞬で俺に到達できるはずだ。

「それじゃあ、始めて。集中。力の流れを感じて」

「集中ねぇ……」

御神木の種に触れている両手の平に感覚を集中し、何かを感じ取れないかと目を瞑《つぶ》る。目に見えないパワーの流れを感じろとか言われてもなぁ。そりゃティーンエイジャーの時分には某玉を集める漫画とか、不良高校生が霊力で妖怪《ようかい》をぶっ飛ばす漫画とか、幽波紋でオラオラする漫画とかを読んでうおお目覚めろ！　とかやった覚えもあるが……今更なぁ？

ただ、魔法——というかサイオニック能力というのはこの世界では純然として存在する能力であるわけで、その素質が俺にあるのは明白である……ということならば、若かりし頃に培った厨二《ちゅうに》力を再び目覚めさせるのも吝《やぶさ》かでは……。

「集中して。雑念が多い」

「はい」

目を瞑りながら思い悩んでいると、ミリアムさんに怒られた。仕方がないので真面目《まじめ》に集中……集中ねぇ？　うーん、集中と言えば。

「——ッ！」

息を止め、世界を鈍化させる。本当にこの世界の時間の流れそのものが鈍くなっているのか、それとも俺の思考が超加速しているのかはわからない。しかし、これは現状で俺が唯一能動的に発動できる異能力である。集中力が増す効果もあるように思うし、この状態ならば。

「んん？」

何かこう、ジワジワと御神木の種に触れている手の平から何かが吸われているような？　これが力とやらなのか？　息を止めたまま手の平の感覚に集中し、吸われている『何か』を能動的に御神木の種に流すようにしてみる。

次の瞬間、光が爆発した。

「眩《まぶ》しっ⁉　熱《あ》っつぅ⁉」

　強烈な光に照らされた手の平が火傷《やけど》しそうな程に熱い。思わず御神木の種を放り投げてしまった。強烈な光に網膜が焼け付いてしまったかのように何も見えない。カメラのフラッシュを直視したみたいになってる。何も見えん。

　目を押さえて呻《うめ》いていると、誰かに抱き上げられた。うん、これはメイだな。抵抗しても無駄なので、大人しく身を任せることにする。

　しかし、これで俺はサイオニック能力とやらに目覚めたのかね？

☆★☆

「酷《ひど》い目に遭った」

「それは私達もそう。まだ目がチカチカする」

「凄《すご》い光でしたね」

　メイに簡易医療ポッドにぶち込まれ、焼け付きかけた目と火傷した手を治療して再び外に出てきた。

「ご主人様。アレにはもう触れない方が良いかと思いますが」

「そうもいかないだろう。俺はアレに力を分け与えてとっとと発芽させなきゃならんのだし」

　ちらりとティニアに視線を向ける。彼女の腕の中には光り続けている御神木の種が抱かれていた。今までは明滅していたのだが、今はずっと光り続けているようだ。

「どういう状態なんだ、それは」

「ええと……一気に物凄《ものすご》い量の力を受け取ってその処理に苦労しているようです」

「破裂とかしなくて良かったな」

「そんな事になったら前代未聞。でも、御神木の種のお陰で私達は助かった」

「それはつまり？」

「見積もりが甘かった。もし御神木の種がヒロ殿の力を受け止めていなかったら、この辺り一帯が吹き飛んでいたかもしれない」

「なにそれ怖い」

詳しく聞いてみると、俺がサイオニック能力に目覚める際に放出する力を衝撃や爆発などの物理的な破壊力を持つ現象ではなく、比較的無害な光に変換して被害を最小限にしたのだろうということらしい。

「やるじゃん。ところで、何か特別な力に目覚めた感じは全くしないんだが」

「力の属性を調査するための道具がある」

そう言ってミリアムさんがバッグの中からいくつかの水晶玉のようなものを取り出した。説明を受けながらそれらを使ってみたのだが。

「……わからない」

ミリアムさんが眉間《みけん》に皺《しわ》を寄せる。彼女が用意した水晶玉では俺がどんなサイオニック能力に目覚めたのか調査することが出来なかったのである。

「私達エルフが得意とする元素系の能力ではないということはわかった」

「なるほどなぁ」

元素系の能力というのは、所謂《いわゆる》ＲＰＧの魔法チックなサイオニック能力のことを指す。つまり炎や水や氷、土や岩、風や雷、光や闇《やみ》などの自然界に存在する現象を操る能力だ。

「元素系？　の能力以外となるとどんな物があるんだ？」

「精神感応能力——所謂テレパシーだとか、手を触れずに物体を動かす念動力、一瞬で二点間を移動するテレポーテーションだとかショートリープだとか呼ばれる能力が有名。他にも数え切れないほどの能力が存在する」

「なるほど……で、それはどうすれば習得できるんだ？」

「この辺り——というかグラッカン帝国では難しい。ヴェルザルス神聖帝国のようなサイオニック・テクノロジーが進んでいるような場所でないと」

「神聖帝国ねぇ……遠いらしいな」

「すごく遠いから、身軽な傭兵でも行くのは難しいかもしれない。ただ、既にヒロ殿の力は目覚めた。これから先、何か切っ掛けがあれば何らかの能力に目覚める可能性がある。その時は慌てず、力の把握に務めること」

「了解」

具体的な魔法や超能力めいた力を得ることはできなかったが、切っ掛けがあればそういった能力に目覚める素地は出来上がったというわけだ。ゲームで言えばスキルツリーが解放されたとか、そんな感じなのかね？　あまり期待せずにその時が来るのを待つとしよう。

「まぁ、無事で良かったわね」

「苦労した割に何の成果も得られなかったがな」

☆★☆

その夜、俺達はウィルローズ本家でディナーを頂いていた。本家のお姉様達が腕を振るって手料理をご馳走《ちそう》してくださるというお話に甘えたわけだ。どれもこれも本物の肉や野菜、果実などを使った高級品である。

「私達にしてみれば普通の家庭料理なのだけどね」

「宇宙じゃ事情が違いますから。コロニーの食料生産プラントでは空間当たりの栄養供給効率を最優先して原則フードカートリッジの材料しか生産しませんし。畜産も飼料やスペース、それに発生する各種ガスなどの関係から精々培養肉くらいしか生産できないので」

人間は当然だが、家畜も呼吸はするしげっぷや放屁《ほうひ》もする。そうやって排出されるガスは家畜が産まれてから食肉に加工されるまでとなると膨大な量になる。

当然ながら人間より身体が大きい分——あるいは数が多い分、量も多くなる。限られたスペースとガス処理機能しか持たないコロニーで普通の家畜を育てるのは非常に厳しいわけだ。

だからコロニーではそういった負荷の少ない植物性プランクトンや動物性プランクトン、一部の野菜類などを原料としたフードカートリッジが生産され、それを使った自動調理器が重宝されている。

一部の例外はミミが言った培養肉だな。あれはコロニーの生命維持機能にかける負荷が少なくなるように設計された生物を培養、解体して動物性タンパク質を高効率で生産できるようにしてある。まぁ、事故もたまに起きるようだけどな。ちなみに、俺たちがよく食べている白い肉は培養肉ではなく合成肉だ。あれは化学的に合成した動物性タンパク質であるらしい。

「培養肉？　人造肉とは違うのかしら？」

「はい。培養肉はコロニーや航宙艦から出る廃棄物を飼料として育つ専用の食肉生物を培養して肉を得るんですけど……結構気味が悪い見た目をしているんですよ」

エルフのお姉様達と食べ物トークをしていたミミが遠い目をする。うん、アレイン星系で見た培養肉工場での体験はなかなかに強烈だったよな。バカでかい白い触手というか、ミミズみたいな生物が……食事中に思い出すのはやめよう。

「そういうわけで、こういった所謂本物のお肉やお野菜というのは宇宙では高級品なんですよ。最高級のコーベ・ビーフだと一番安い部位で100g1000エネルから、とかですから」

「100g1000エネル……それはまた」

「流石にそんなものを毎日食べていたらウィルローズ家でも破産しますね」

エルフのお姉様達が絶句し、苦笑いする。ウィルローズ本家の人々はそれなりに羽振りが良いように見えるが、確かに100g1000エネルはなぁ……一般的な経済観念からはかけ離れているという傭兵《ようへい》の俺ですら躊躇する値段だからな。

「ティニアちゃんも食べてる？」

「はい。皆さんとても料理がお上手なんですね」

「んー、堅いなー。もう少しリラックスして、ね？」

「お酒でも飲む？」

ティニアもウィルローズ本家のお姉様達に絡まれて……いや、気遣われているのか？　あれは。なんだか妙に構うな？

「こんなに可愛《かわい》くて良い子なのに、あの連中と来たら……私達も聞いてるのよ？　色々とね」

「もうヒロくん達と一緒にあんな奴らのとこから出て行っちゃえば良いのよ」

なんかプリプリと怒っているお姉様もいるな。なんだ？　そんな俺の視線に気づいたのか、エルマが俺の耳元に口を寄せて小声で囁《ささや》く。

「ティニアは宙賊に攫《さら》われて宇宙に連れて行かれて、その後はあんたと一緒に遭難して森で一夜を過ごしたでしょ？　それでグラード氏族の口さがない連中がティニアに色々言ってるわけよ。彼女、御神木の種に巫女《みこ》として選ばれたから」

「胸糞《むなくそ》の悪い話だな」

「本当にね」

しかしどうにかしてやりたくともどうにもならんな。俺が介入すればするほどティニアはそういう目で見られるのだろうし。俺ができそうなことと言えば、一刻も早くあの種を発芽させてティニアの巫女としての正当性を確定させてやるくらいか。その口さがない連中とやらも、ティニアが立派に御神木の種の巫女としての役目を全うすれば何も言えなくなるだろう。

「あの子も乗せるの？」

「どうかな。そうはならないんじゃないか」

地元でちょっと良くない風聞に曝《さら》された程度のことで折れるような性格だとも思えない。それに、彼女には御神木の種を故郷に根付かせ、育むという使命がある。それを放り出して俺達と一緒に宇宙に旅立つほどの意思は俺には感じられないな。

「まぁなるようになるさ。できる範囲で助けるくらいはしようかな」

「そう。そうね」

ティニアに対する俺のスタンスはエルマに理解してもらえたらしい。納得したように頷《うなず》き、食事を再開することにしたようだ。折角のエルフのお姉様達の手料理だ。今は細かいことは横に置いて、俺も満喫するとしよう。

エピローグ

「というわけで、次の目的地について話し合いたいと思いまーす」

「わー」

俺が宣言すると、ミミが笑顔で歓声を上げながらパチパチと拍手をしてくれる。ウィルローズ本家で一泊した俺達は本家のエルフのお姉様達に惜しまれながらもブラックロータスへと帰還し、ミーティングをすることにしたのだ。お題は先程言った通りである。

「もうシータから出ていってしまうのですか？　まだ色々と用意ができていないと思うのですが」

御神木の種を胸に抱いたティニアが困惑した様子で声を上げる。

「いや、まだ出ないけどな。リーフィル星系に来たのも元々休暇みたいなものだったし、次の目的地を決めておかないとなって話だ。情報収集や移動に必要な物資の調達なんかで時間が掛かるから、早めに予定を決めたほうが良いんだよ」

「なるほど……」

俺の説明にティニアは感心した様子で頷いている。やっぱり傭兵の一般的なイメージとしては適当に星系を渡り歩いて暴れてるって感じなのかね？　まぁそういう連中も実際に居そうではあるな。

「私達も意見を出して良いんですか？」

「勿論《もちろん》だぞ。案があるならどんどん出してほしい」

ウィスカの発言に俺は頷いて応《こた》える。採用されるかどうかは話し合いの結果次第だが、選択肢は多ければ多いほど良いだろう。

「まず、俺から大まかな方向性を提示しておくと、目指したいのは戦力強化だな」

「戦力強化ねぇ……どういう方向で？」

「クリシュナの強化は正直難しいと思っている。ブラックボックスになってる部分が多すぎるからな」

「それはそうですね。調べてみましたけど、重レーザー砲は専用の固定武装みたいで互換性がありませんし。変えるとしたらシャードキャノンと対艦反応魚雷くらいですか」

「下部ウェポンベイの魚雷発射管をシーカーミサイルポッドに変えるくらいやろなぁ。シャードキャノンを変えるのは兄さんの趣味やないやろうし。シールドや足回りも今装備しているものより良い物となるとちょっと思い当たらんわ」

「魚雷も外すつもりはないな。いざって時の一発は絶対に要るし」

滅多に使うものじゃないが、大型艦相手の切り札は常に持っておきたい。シーカーミサイルポッドを積んでおけば小型、中型の敵に対しての選択肢は確かに増えるが、それは重レーザー砲と散弾砲で事足りてるからな。

「となると、強化するのはブラックロータスですか？」

「艦首のEMLをより良いものにとなると難しいだろうけど、各所に装備されているレーザー砲とかシールドは軍用グレードのものに変えたいよな」

「確かにそうすればブラックロータスの戦力は大幅に強化されるやろなぁ。ジェネレーター出力にはまだ余裕あるし、載せ換えんでもなんとか行けるやろ」

「母艦の戦力が充実するのは良いけど……オーバースペックじゃないの？」

「アーアーキコエナーイ」

オーバースペックになろうとも強化の余地があるなら強化したいと思うのがゲーマーの性《さが》というやつである。今の俺にとってはゲームではなく現実だが、まぁどっちにしろより高性能なものが存在するならそっちを使いたいと思うのが自然というものだろう。スペックマニア？　知らない言葉ですね。

「確かに宙賊相手にはオーバースペックかもしれませんけど、私達が戦う相手は宙賊だけとも限りませんから」

「まぁ、それもそうね。結晶生命体はもう勘弁してほしいけど」

「宇宙怪獣だけじゃなくて他国との紛争に参加する可能性だってあるぞ」

「するの？」

「場合によってはな」

実際、ミミやエルマと出会ったターメーン星系では隣国ベレベレム連邦との戦いに参加したしな。別に逃げても良かったんだが、あの頃《ころ》は金を稼ぐのに必死だった。今なら……うーん、滞在している星系が紛争宙域になったら立場的に逃げるのは厳しそうだ。何せゴールドスターだしな。

「あとはアレだ、着たままでも剣が振れる軽量パワーアーマーが欲しい」

「……これ以上生身での戦闘能力を上げていくの？」

「俺だって嫌だよ。でもそうしないと死ぬじゃん。俺だって嫌だよ！」

大事なことなので二回言っておく。どうもここのところ生身で戦う機会が増えてるんだよな。俺は一切望んでいないんだが、実際に増えているので対策をしなければならない。

「ヒロ様の生身での戦闘能力を強化って意味だと、魔法の習得は結局どうなったんですか？」

「進展なし。そのうちピンチにでもなれば何か特殊な能力に目覚めるかも？」

「気の長い話ねぇ」

エルマが苦笑する。俺もそう思うよ。

「仮に何か俺自身を超強化する能力に目覚めたとしても、あまり大っぴらには使いたくないけどな。絶対に面倒なことになるし」

「それはそうやろな」

「あまり目立つと帝国の暗部に目をつけられて……みたいな？」

「それは流石《さすが》にホロ小説とかコミックの読み過ぎとちゃうか？　まぁ、近いことになる可能性はあるわな。生身でも航宙艦を真っ二つにできます、とか木端微塵《こっぱみじん》にできます、ってなったら危険人物やん」

首を傾《かし》げるウィスカにティーナがツッコミを入れる。でも確かにティーナの言う通りで、生身でプラズマグレネードと同等以上の破壊力を撒《ま》き散《ち》らせる、なんてことになったら帝国が何をしてくるかわからん。それは怖いよな。

「とんでもなサイオニック能力は色々な意味で手に余るが、軽量パワーアーマーはまだ常識の範囲内だと思うんだ。少なくとも完全な生身よりは生存性も遥《はる》かに高くなるしな。もう俺は嫌だぞ、生身でテラフォーミング中の惑星に降り立ってわけのわからん生体兵器と戦うなんてのは」

「言うて兄さん無傷で帰ってきたやん」

「次もそうとは限らんだろうが」

あの劣悪な環境下で我ながらよく生き残ったもんだ。あんなのは二度と御免だぞ。

「まぁそういうわけで、前置きが長くなったけど俺が次に目指したいのは軍事系のテックが充実してるハイテク星系か、最新鋭技術《エッジテック》を入手できる可能性が高い商業ハブ星系だな」

「なるほど。近くだとガレイ星系が軍事系のテックが充実しているハイテク星系ですね。商業ハブ星系は……ちょっと遠くなりますけど、ミラ星系です」

「ゲートウェイを使ったらどうだ？」

ゲートウェイを使えば遠く離れた星系にも一瞬で移動することが出来る。グラッカン帝国は広大な領土内に多数のゲートウェイによるゲートウェイネットワークを構築しているので、それを利用すればハイパードライブを使った通常の移動方法で移動するには遠過ぎるような星系も行き先の選択肢に入ってくる。

「あ、そうでした。ええと、そうすると……」

タブレット端末を操作していたミミが苦笑いを浮かべる。なんだ？

「そうすると？」

「帝都が一番ですね」

「却下で」

絶対にまた何か厄介事に巻き込まれるに違いないので帝都には近寄りたくない。皇帝陛下の暗殺未遂事件が起こってそれに巻き込まれるとか、ルシアーダ皇女殿下が攫《さら》われてその奪還を命じられるとかそんな展開に決まっている。そんなのに巻き込まれるのは絶対に御免だ。

「ええと、そうなるとガレイ星系かミラ星系がやっぱり一番近いです」

「なるほど。行き先の候補としてはその二つだな。他に何か意見は？」

「エネルを稼ぐなら国境の紛争地帯に行くとか、宙賊の動きが活発な星系に行くのもアリだと思うけど、別にそれは装備を強化してからでも良いわね」

「うちからは特に無いな。ウィーは？」

「うーん、特に無いかな。軍事系テックに強いハイテク星系に行けば色々見れるだろうし」

エルマと整備士姉妹は特に意見はないらしい。

「私としては商業ハブ星系に興味が……色々珍しい食べ物がありそうですし」

「ふむ、それは確かに」

色々なものが集まる商業ハブ星系なら炭酸飲料の取り扱いもあるかもしれない。シエラ星系で炭酸飲料が提供されていたってことは、物流に全く乗っていないというわけでも無さそうだし。まぁ望みは薄そうだけど。

「さて、どっちに行くかね」

恐らく軍事系テックに強いハイテク星系であるガレイ星系の方が値段は安い。商業ハブ星系の方が選択肢は多くなるが、輸送費の分商品の値段は上がるのだ。ただ、商業ハブ星系では軍用グレードの商品は多分手に入らない。軍用グレードの品というのは企業が軍に直接卸しているから、交易商の手に渡ることが殆《ほとん》ど無いのだ。

「質と値段を取るならガレイ星系、選択肢の多さを取るならミラ星系か」

「ガレイ星系に行ってからミラ星系に向かえば良いんじゃない？」

「うーん、確かにその方が良いかもしれませんね。ガレイ星系で手に入らなかったものをミラ星系に行って探すほうが効率が良いかも。商業ハブ星系なら情報も集めやすいでしょうし」

「お、その台詞《せりふ》実に傭兵《ようへい》っぽいというかオペレーターっぽいな」

「私も成長してますから」

ふふん、とミミが得意げに胸を張る。うん、確かに成長してるね。

「それじゃあ次の目的地はガレイ星系——」

と言いかけたところで俺の小型情報端末からコール音が鳴った。デデーン！　という今にもタイキックかケツバットを食らいそうなコール音だ。

「こ、このコール音は……」

まさか、と思いつつジャケットのポケットから小型情報端末を取り出して恐る恐る画面を見る。

そこには見たくない名前が表示されていた。

「どうしたんですか？」

「というか何よその着信音……誰から？」

エルマにそう聞かれたのでみんなが見える位置に小型情報端末を置く。

「げっ」

再びデデーン！　と鳴る小型情報端末の画面に表示された名前を見たエルマがそう言って露骨に嫌そうな顔をした。ミミもなんとも言えない微妙な表情をしているし、整備士姉妹も天井を仰いだり苦笑いを浮かべたりしている。ティニアだけは状況を理解できずに首を傾げているが。

そうだね。そうだよね。大規模宙賊が大暴れしたんだから来てもおかしくないよね。いっそ無視してやろうかとも思ったが、後が怖いので諦《あきら》めて着信ボタンを押す。

そうすると、食堂に据え付けられたホロディスプレイが起動し、白い軍服を着た金髪の美女のホログラムが映し出された。腰元の剣が彼女が貴族であることをこれでもかとアピールしてくる。

『ごきげんよう、キャプテン・ヒロ。また会いましたね』

彼女がそう言ってにっこりと満面の笑みを浮かべる。

「……はい、そっすね。セレナ中佐殿」

また面倒事だよ。絶対そうだよ。間違いない。

あとがき

『目覚めたら最強装備と宇宙船持ちだったので、一戸建て目指して傭兵《ようへい》として自由に生きたい』の9巻を手に取っていただきありがとうございます！　やったぜ。

いつも通りの作者の近況というかやっていたゲーム報告のコーナー。最近やってハマっていたのはミュータントや賊がうろつく放射能汚染されたヤベー地域で物資漁りサバイバルするゲームだとか、自由に宇宙船をデザインして宇宙海賊と戦って名を揚げて人員を増やして宇宙船をバンバン強化していくゲームですね。どちらもまだ未完成の状態で発売されている所謂《いわゆる》早期アクセスゲームという奴《やつ》なんですが、ＰＣだとこういったゲームにもお金を払って開発を支援しつつ遊べるのが良いですね！　その分その、バグとかもあるわけですけれど。それもまた『味』というやつですね。

他には新しくソシャゲを始めましたね。ポストアポカリプス、ディストピア、サイボーグ美少女って感じの。ええ、お尻《しり》が魅力的なアレです。今回は長く続けられると良いんですが。あまり長続きしないんですよねぇ、ソシャゲ……モチベーションが維持できなくて。

作者の近況報告めいた何かは横に置いて本編の話をしましょう。

今回は宇宙エルフの故郷、リーフィル星系ですね。物見遊山で訪れた星系でトラブルに見舞われるのはいつものことですが、今回はヒロというこの宇宙船世界におけるイレギュラーな存在、その端緒に触れていくような内容となっています。勿論《もちろん》ヒロイン達とのイチャイチャも込みで。ええ。あとはWeb版ではあまり絡みのなかったあの人が大きくヒロ達と関わっていく内容になっています。表紙でネタバレしている？　そうだよ！（開き直り）

故に今回の書き下ろし比率は非常に高めです。それで色々と目算を見誤りました。担当編集氏にはご迷惑をおかけしまして……申し訳ない限りです。

では今回も巻末お約束の本編ではあまり詳しく語られない設定公開コーナーと参りましょう。

今回はエルフという種族が持つサイオニック特性について。

エルフは種族として潜在的なサイオニック能力を持っています。潜在的、というのはそれなりに訓練しなければサイオニック特性を発揮できないという意味で、最強宇宙船の世界には生まれたその時からサイオニック特性を発現させている種族も存在します。顕在的サイオニック特性というやつですね。

さて、エルフ達が主に扱うサイオニック能力は元素系能力と呼ばれるもので、簡単に言えば火や水、風や土など自然界に存在する物質やエネルギー、そして動植物の生命力などに干渉する能力です。

一般的なイメージの攻撃魔法や回復魔法と考えていただければ良いでしょう。メ○ゾーマとかケ○ルとか。極めると複合させてイ○ナズンとかサ○ダガとか使えますね。メ○オは無理ですけど。

反面、精神や時空間などに干渉するような能力にはあまり親和性がありません。テレパシーや時空間跳躍、歪曲《わいきょく》、制御などの能力ですね。サイオニック特性の方向が割と脳筋寄りです。力isパワー。

ここで挙げている能力はサイオニック能力の中でもごく一部のもので、サイオニック能力というものはもっと広範な範囲に及ぶ能力なのですが……そこは割愛ということで。一から十まで書いてしまうとそれだけで物凄《ものすご》い文量になってしまいますから！

さて、適度に語らせていただいたところで今回はこの辺りで失礼させていただきます。

担当のKさん、イラストを担当してくださった鍋島《なべしま》テツヒロさん、本巻の発行に関わってくださった皆様、そして何より本巻を手に取ってくださった読者の皆様に厚く御礼申し上げます。

目指せ10巻！　出てくれ！　たのむ！

リュート

お便りはこちらまで

〒102－8177
カドカワBOOKS編集部　気付
リュート（様）宛
鍋島テツヒロ（様）宛

カドカワBOOKS

目覚《めざ》めたら最強装備《さいきょうそうび》と宇宙船持《うちゅうせんも》ちだったので、一戸建《いっこだ》て目指《めざ》して傭兵《ようへい》として自由《じゆう》に生《い》きたい 9

2023年 1 月10日　初版発行

著者／リュート

発行者／山下直久

発行／株式会社KADOKAWA

〒102-8177
東京都千代田区富士見2-13-3
電話／0570-002-301（ナビダイヤル）

編集／カドカワBOOKS編集部

印刷所／大日本印刷

製本所／大日本印刷

Printed in Japan
ISBN 978-4-04-074818-4 C0093

新文芸宣言

かつて「知」と「美」は特権階級の所有物でした。

15世紀、グーテンベルクが発明した活版印刷技術は、特権階級から「知」と「美」を解放し、ルネサンスや宗教改革を導きました。市民革命や産業革命も、大衆に「知」と「美」が広まらなければ起こりえませんでした。人間は、本を読むことにより、自由と平等を獲得していったのです。

21世紀、インターネット技術により、第二の「知」と「美」の解放が起こりました。一部の選ばれた才能を持つ者だけが文章や絵、映像を発表できる時代は終わり、誰もがネット上で自己表現を出来る時代がやってきました。

UGC（ユーザージェネレイテッドコンテンツ）の波は、今世界を席巻しています。UGCから生まれた小説は、一般大衆からの批評を取り込みながら内容を充実させて行きます。受け手と送り手の情報の交換によって、UGCは量的な評価を獲得し、爆発的にその数を増やしているのです。

こうしたUGCから生まれた小説群を、私たちは「新文芸」と名付けました。

新文芸は、インターネットによる新しい「知」と「美」の形です。

2015年10月10日
井上伸一郎

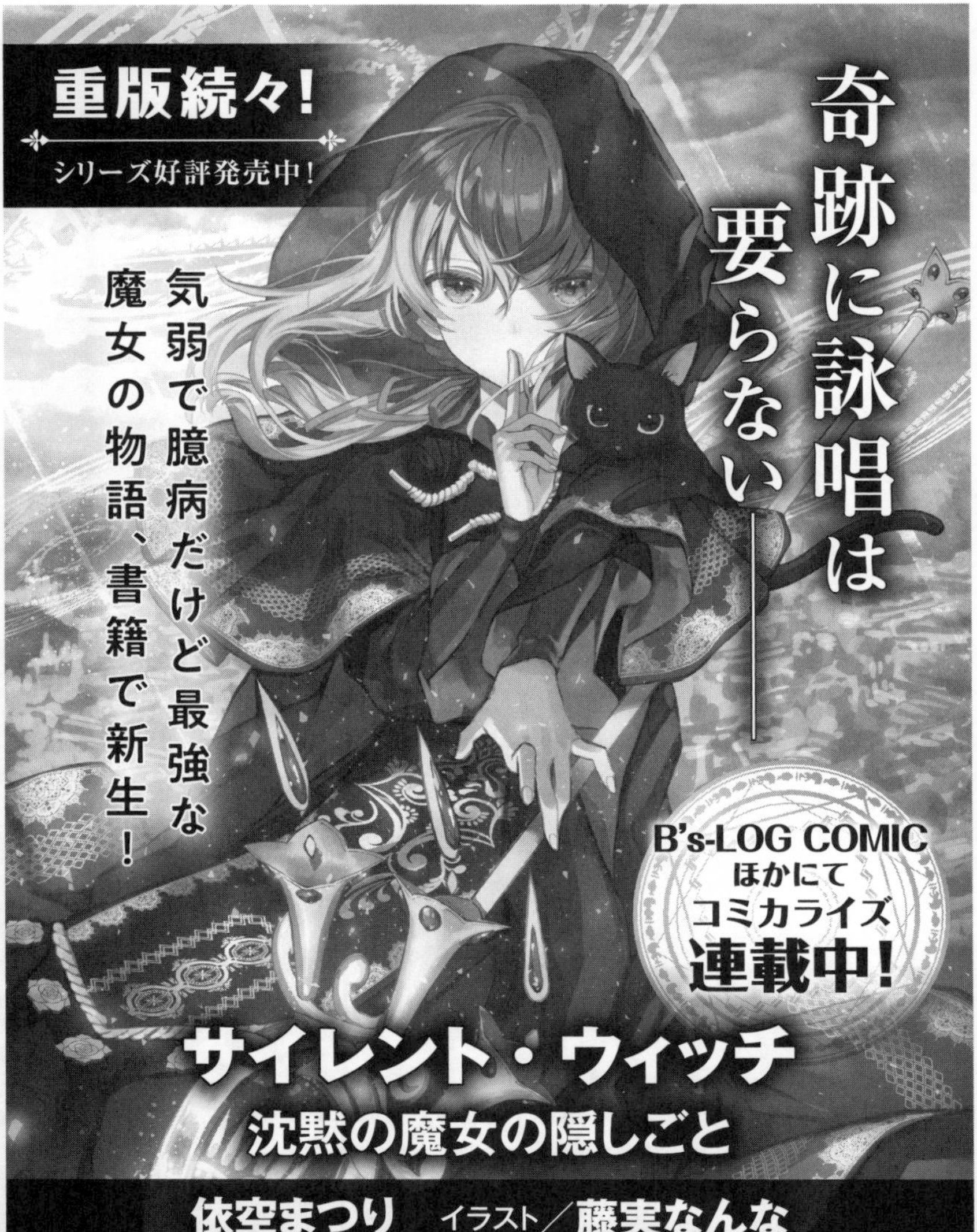
重版続々!
シリーズ好評発売中!
奇跡に詠唱は要らない——
気弱で臆病だけど最強な魔女の物語、書籍で新生!
B's-LOG COMIC
ほかにて
コミカライズ
連載中!
サイレント・ウィッチ
沈黙の魔女の隠しごと